# Casé, o jacaré que anda em pé

CARLOS EDUARDO NOVAES

*Ilustrador:* VILMAR RODRIGUES



conforme a nova ortografia da língua portuguesa

editora ática

O texto ficcional desta obra é o mesmo da edição anterior



DIRETOR EDITORIAL · Fernando Paixão
EDITORA · Gabriela Dias
EDITORES ASSISTENTES · Carmen Lúcia Campos e Fabricio Waltrick
APOIO DE REDAÇÃO · Pólen Editorial e Kelly Mayumi Ishida
PREPARADORA · Lisete Machado Zan
COORDENADORA DE REVISÃO · Ivany Picasso Batista
REVISÃO · Liliane Pedroso

ARTE
PROJETO GRÁFICO E CAPA · Tecnopop
EDITORA · Cintia Maria da Silva
DIAGRAMADORA · Ana Paula Fujita
EDITORAÇÃO ELETRÔNICA · Tecnopop e Exata

CIP-BRASIL. CATALOGAÇÃO NA FONTE
SINDICATO NACIONAL DOS EDITORES DE LIVROS · RJ

N815c
8.ed.

Novaes, Carlos Eduardo, 1940-
Casé, o jacaré que anda em pé / Carlos Eduardo Novaes; ilustrações Vilmar Rodrigues. - 8.ed. - São Paulo : Ática, 2009
il. - (Sinal aberto)

Apêndice
Inclui bibliografia
Contém suplemento de leitura
ISBN 978 85 08 10636-3

1. Ecologia – Literatura infantojuvenil. 2. Consumo (Economia) – Literatura infantojuvenil. I. Rodrigues, Vilmar, 1931-. II. Título. III. Série.

06-2897. CDD 028.5
CDU 087.5

ISBN 978 85 08 10636-3 (aluno)
ISBN 978 85 08 10637-0 (professor)

2025
8ª edição, 2ª impressão
Impressão e acabamento:
Log&Print Gráfica, Dados Variáveis e Logística S.A.
OP:291628


Av. Otaviano Alves de Lima, 4400 – CEP 02909-900 – São Paulo, SP
Atendimento ao cliente: 0800-115152 – Fax: (11) 3990-1776
www.atica.com.br – www.atica.com.br/educacional – atendimento@atica.com.br

# A outra revolução dos bichos

Imagine se uma empresa resolvesse construir um **shopping center** num santuário ecológico como o **Pantanal**. Quais as consequências disso para os animais? E o que aconteceria se eles falassem, pensassem e até se organizassem como seres humanos para defender a região? Pois foi esta a decisão dos crocodilianos locais, liderados por Muhamad Ali Gato — um jacaré muçulmano: pedir providências à ARMOPA, a Associação de Reptis Moradores do Pantanal. Ali Gato está **engajado** na luta e pretende ir até o Rio de Janeiro resolver a situação mesmo que acabe se metendo numa enrascada. Sorte que o colega **Casé**, um jacaré de circo que aprendeu a andar em pé, estará ali para ajudá-lo.

É esse o ponto de partida de *Casé, o jacaré que anda em pé*, uma divertidíssima história do escritor e humorista Carlos Eduardo Novaes. Misturando **fábula e sátira**, o autor faz rir e pensar. Propõe uma visão irônica da ecologia, da sociedade de consumo e do mundo contemporâneo. E discute a **interferência desastrada** do homem no meio ambiente.

## Não perca!

- *As aventuras dos jacarés mais cheios de personalidade que você já viu.*
- *A ecologia vista de maneira crítica e bem-humorada.*

Durante a leitura, você vai travar contato com esses temas por um ponto de vista diferente: o dos principais interessados no assunto, **os animais**. Os jacarés levantam em duas patas para enfrentar o homem e adotam ares de gente para **defender seus direitos**.

Ao final do volume, também ficará conhecendo um pouco sobre o autor, numa entrevista exclusiva.

Expresso meus agradecimentos ao Guilherme Tardim Barbosa, ex-presidente da Fundação Rio-Zoo, ao biólogo Pedro de Jesus Menezes, também da Rio-Zoo, que me apresentaram a um jacaré, e a Yolanda Maluff, secretária querida, que tornou legíveis meus originais.

C.E.N.

*A borboleta nos acha pesados; o pavão, malvestidos; o leão, medrosos; a barata, escandalosos; o canário, roucos; o macaco, engraçados; o jacaré, truculentos; e o mosquito, apenas uma boa refeição.*

autor desconhecido

# 1

De repente o ronco da motosserra acordou a noite do Pantanal.

Na cidade grande, acostumada à sinfonia de sirenes e britadeiras, um barulho a mais não provocaria qualquer desassossego. Contraposto, porém, ao silêncio lunar da região, aquele motor agressivo, soando sem-cerimônia, despontava amplificado parecendo anunciar o final dos tempos.

Rompeu-se o equilíbrio e antes que a anhuma, avezinha de voo fácil e elegante, sentinela da floresta, pudesse piar o segundo aviso, o fragor dos animais em movimento já se juntara ao ruído contínuo do serrote. Aves, reptis, mamíferos se atropelavam tangidos por puro instinto de sobrevivência. Foi como despertar uma família de seres humanos com rajadas de metralhadora na cozinha.

A lua cheia fazia da fuga em massa uma coreografia de silhuetas negras cruzando a mata sem rumo. Ninguém ficou parado. Antas para um lado, quatis para o outro, tamanduás acelerando o passo com auxílio das mãos, bandos de emas disparando desengonçadas no cerrado, veados-campeiros embrenhando-se no juncal, macacos bugios subindo aos galhos mais altos dos sarandis. Todos ouviram surpresos o grito esganiçado da quase extinta ariranha. Um cervo, animal sensível, caiu fulminado por um enfarte.

As aves decolaram num único impulso, como que combinadas, povoando os céus de garças, biguás, araras, baguaris, tuiuiús, colhereiros. As cobras recolheram-se às tocas ou enroscaram-se simulando uma mangueira d'água enquanto jacarés e tartarugas submergiam no rio misturando-se ao deslocamento nervoso dos pacus, pintados, surubins, piranhas, jiripocas. Impossível nomear todo o elenco desta superprodução da Natureza. Como diz o professor Quelonius, memória do Taquari: "os bichos do Pantanal, só eles, encheriam a Arca de Noé".

Em meio à debandada, um sinal de resistência: um grupo de crocodilianos, liderado por Muhamad Ali Gato, um jacaré muçulmano, avançava entre as folhagens, decidido a pedir providências à ARMOPA, a Associação dos Reptis Moradores do Pantanal. Os reptis são minoria na região que abriga 600 espécies de aves, 280 de peixes, 110 de mamíferos e apenas 49 desses animais de pele seca. Talvez pela necessidade de se protegerem das maiorias, talvez por já terem dominado a Terra no passado, os reptis são a espécie mais organizada do Pantanal, a única que possui uma associação.

— Precisamos fazer algo — esbravejou Ali Gato diante do presidente da ARMOPA.

## — O quêêê?

— Fazer algo! — berrou.

— Não estou escutando. Fala mais alto.

O presidente da associação atendia por Croc e era apenas mais um entre os milhares de mutilados que sobreviveram à matança desenfreada promovida pelos coureiros do Pantanal. O tiro de espingarda 22, que deveria acertá-lo na testa (se é que jacaré tem testa), varou-lhe o olho esquerdo, tornando-o meio cego e meio surdo. Da cegueira ninguém duvidava: bastava levantar o tapa-olho negro que encobria o buraco feito pela falta de pontaria do homem. O grau de surdez, no entanto, provocava suspeitas. Ao que diziam, Croc só escutava o que queria.

— Você não está ouvindo, Croc? — insistiu o muçulmano apontando na direção do ronco da motosserra.

— Não sou xiita — respondeu Croc. — Não vou rezar com você!

— Quem falou em rezar? Não estou apontando para Meca. Eles estão derrubando árvores.

— E eu com isso? Jacaré não sobe em árvores!

— Por Alá! Que visão estreita!

Abdul, lugar-tenente de Ali Gato, comentou entre os dentes, entre os muitos dentes dos crocodilianos:

— Deve ser por causa que ele só tem um olho, chefe.

Mesmo um jacaré, considerado animal de sangue frio, não conseguia mantê-lo, diante das reações do presidente da ARMOPA. Ali Gato fervia de irritação e impaciência.

— Aqui é nossa casa, Croc! Os humanos estão acabando com ela. Será que você não vê? Para que serve esse olho que lhe sobrou? Além do mais, os lagartos, nossos primos, sobem em árvores, sim senhor! Não se esqueça de que você foi eleito com o voto deles também. Por Alá, vamos silenciar essa motosserra!

Croc não saiu do lugar. Tremia só de pensar naquela serra cortando-lhe o rabo. Muitos caçadores do Pantanal matavam jacarés a pauladas apenas para tirar-lhes o rabo, onde está o filé-mignon, a melhor carne do animal.

— Não podemos ir de peito e boca abertos. Eles vão nos trucidar. Deixe-me fazer um exame da situação.

Croc, um robusto jacaré-açu, tinha se formado na velha escola política da região. Vinha dos tempos — que não vão longe — em que o Pantanal, esquecido do mundo, distante da luz dos refletores, permitia acordos e negociações sem violência e enfrentamentos. Agora a corda esticara e aos olhos do jovem Ali Gato, com seu sangue de onça-pintada, Croc revelava um temperamento de tartaruga, aquela coisa lenta, reflexiva, pacifista. Não foi à toa que venceu as eleições da ARMOPA, contra o próprio muçulmano, com o apoio maciço da classe dos quelônios (jabutis, cágados, tartarugas). Era difícil explicar aos mamíferos a vitória da ala mais moderada dos reptis num momento em que o Pantanal sofria um processo de devastação: pelos números do professor Quelonius, liquidava-se um milhão de jacarés por ano.

— Por Alá! Está esperando o quê?

Croc permaneceu pensativo, coçando o tapa-olho. A motossera calou-se.

— Tudo bem — decidiu-se. — Vamos lá!

O silêncio do ruído ainda boiava no ar, vindo do trecho da grande curva do rio Taquari a poucos quilômetros do seu encontro com o rio Paraguai. O Taquari brota na serra dos Baús, próximo à divisa com Goiás e segue sua rota solitária e curvilínea por mais de 800 quilômetros, cortando de través o coração do Pantanal. Contava o professor Quelonius que nos anos 70 o Taquari era um rio gordo, expansivo, caudaloso, "inigualável no espetáculo da piracema", quando piaus, lambaris, dourados, subiam saltitantes para a desova, em filas intermináveis que às vezes se estendiam por quatro quilômetros.

— Hoje — costumava completar o velho jabuti —, para fazer isso, os peixes teriam que aprender a nadar em terra firme.

A profundidade do rio diminuía e já não causava surpresa a presença de enormes peixes encalhados, morrendo nos bancos de areia. Eram cerca de três milhões de toneladas de areia despejadas no rio pela erosão, pela queda de barrancos e pelo assoreamento provocado pelo desmatamento indiscriminado. Este excesso alterava as condições de abrigo, locomoção e alimentação dos peixes e por consequência desestabilizava todo o ecossistema da região.

— O Taquari é uma sombra do passado — lamentava o professor. — A "poluição humana" torna-o fraco, doente, desidratado, envelhecido pelas rugas dos derrames arenosos que retalham seu curso.

Ali Gato e o grupo pararam à frente da clareira aberta pela motosserra. Não havia ninguém, mas ainda era possível sentir o cheiro da natureza ferida que recendia das árvores decepadas. Em meio ao cenário da destruição, dois troncos travestidos de estacas sustentavam um *outdoor* que dizia:

"Breve aqui, o maior *shopping center* do Brasil — GREENWOOD, o *shopping* de braços dados com a Natureza".

## 2

O sol começava a erguer o dia batendo forte sobre o couro dos jacarés que dormiram ali mesmo, dobrados pelo cansaço e as tensões da noite anterior. Antes do sono ainda rolara uma discussão em torno da permanência do cartaz. Ali Gato queria estraçalhá-lo, derrubá-lo a rabanadas. Tivera de ser contido por Croc:

— Importante é o que virá depois do *outdoor*, muçulmano. Fique frio. Façamos um exame de situação.

Um exame de situação não prometia esperanças. Após o cartaz viria o *shopping* e depois o hotel e o supermercado e a discoteca e a academia de musculação e os bares do Baixo Pantanal e os *flats* com *playground* e a Natureza passaria a ser representada pelas jiboias e samambaias nas varandas. Eis aí o desfecho da escalada do "progresso", detonada com a migração de agricultores de olhos azuis substituindo a floresta pela plantação de soja e o arroz irrigado; a chegada dos garimpeiros envenenando tudo com mercúrio; dos caçadores mais sofisticados e suas armas a *laser*; de aventureiros insensíveis provocando incêndios na busca da fortuna rápida; de novos fazendeiros a espalhar agrotóxicos em seus latifúndios; de levas de turistas soltando rojões debaixo dos viveiros para fotografar os pássaros em revoada. Por quantos anos mais o Pantanal manteria o que lhe restava de integridade?

Ao despertar, os crocodilianos tiveram a atenção também despertada para uma cabine de madeira, envidraçada, a alguns metros do cartaz, anunciando: "Vendas aqui". Dentro dela, um humano.

— Vou arrancar-lhe a cabeça a dentadas — grunhiu Ali Gato.

— Fico com as coxas, chefe — animou-se um.

— E eu com o peito — escolheu outro.

— Prefiro as asas — concluiu Abdul.

— Aquilo não é uma galinha, idiota.

As pupilas dos bichos dilataram, um sinal de nervosismo, e o grupo partiu disposto a tomar um café da manhã reforçado. Jacaré não mastiga. Seus dentes, cônicos e fortes, servem para torcer e segurar as presas que depois são engolidas por inteiro.

Próximo à cabine, Croc verificou através de seu único olho — os companheiros marchavam cegos de ódio — que o humano era um índio, gente do povo da floresta. Havia um antigo acordo de não agressão entre reptis e índios do Pantanal: um não podia comer o outro.

— Vamos fazer de conta que estamos interessados no empreendimento — sugeriu Croc com sua vocação para soluções negociadas.

O índio pertencia à tribo guató, uma das 70 nações indígenas que habitavam a região até início do século XVIII. Hoje os miseráveis guatós vivem confinados numa reserva ecológica nos cafundós do Pantanal. Vestia orgulhoso um surrado calção, meias, sapatos e a gravata caindo sobre o peito nu. Na mesa, uma maquete do futuro *shopping* Greenwood. Os jacarés entraram fingindo-se de possíveis clientes.

— Gostaríamos de obter informações.

— Sobre lojas, sobre lago ou sobretudo? — Os jacarés se entreolharam e o guató prosseguiu tropeçando no idioma do homem branco: — Vamo tê lago no centro do xópi, lago de mámore, fonte luminosa, cheio de jacarés. Ocês vinheram se escrever pra trabalhar no lago?

Antes que os crocodilianos esboçassem reação, o índio descartou a inscrição de Croc "porque num tá inteiro e a gente só fica com jacaré em bom estado".

— Vamo mostrá pro país e pro mundo o que tem de mais mió na região — continuou o guató-corretor. — O Grin-ú vai ser mais bonito que a arara-azul. Vai tê mais loja que zebu no pasto.

Croc entusiasmava-se com a exposição do índio:

— Haverá alguma loja onde poderei adquirir um olho de vidro?

— Craro. Lojas pra todo gosto e necessitação. Artigo de vrido, cerâmicas, cou... — O guató podia ser ignorante mas não era burro: percebeu que ia dando uma mancada e emendou: — cou... ve, legumes... cada animal daqui vai apadrinhá uma loja.

Os muçulmanos exibiam toda sua perplexidade diante do projeto e, mais que isso, da conversa mole do guató. Era natural que Deus tivesse criado o homem à sua imagem e semelhança; impen-

"Haverá alguma loja onde poderei adquirir um olho de vidro?"

Croc

sável era o homem (branco) querer repetir o mesmo com o índio. O guató tornara-se uma caricatura. Ali Gato recuperou o fôlego e arriscou uma pergunta:

— O *shopping*... vai ser grande?

— Ma-o-meno como Maracanã. Conhece Maracanã? Xópi pequeno não faz sentido. Pantanal tudo grande...

Ali Gato já havia visto o estádio na televisão durante os anos em que vivera num criatório de jacarés de um árabe.

— Por Alá! É demais!

— Muito demais — corrigiu o índio. — É o pogresso chegando...

O sangue de Ali Gato borbulhava de indignação. De nada adiantava, porém, romper o acordo e comer uma orelha do guató, pobre coitado que trocava sua força de trabalho pela promessa de ganhar uma antena parabólica do homem branco. Mais tarde, ao tomar conhecimento do projeto, o professor Quelonius comparou o Pantanal pós-*shopping* a Hiroshima depois da bomba.

O grupo despediu-se, anunciando que iria estudar a possibilidade de ficar com uma loja para representar os produtos Lacoste.

— Sem pobrema. Só que outra semana, outro preço.

Ao vê-los saindo, o índio pediu que distribuíssem os folhetos de propaganda do *shopping* nos quebra-molas da Transpantaneira. Croc pegou uma pilha de prospectos. Antes de bater a porta, Ali Gato fez a única pergunta que interessava ao grupo:

— Quando começarão as obras?

— Dentro de ma-o-meno vinte dias.

— Por Alá! Vinte dias??

Algo precisava ser feito, e depressinha.

## 3

Nunca uma assembleia da ARMOPA juntou tanto reptil. Diferente dos encontros de rotina que, pela pouca representatividade, mais lembravam reuniões de condomínio entre os humanos, desta vez o trabalho dos muçulmanos, espalhando os folhetos de propaganda, mobilizou a categoria. Tinha-se a impressão de que todos os peles-seca — como são chamados pelos mamíferos — se apresentavam para discutir o que fazer diante da mais recente ameaça que rondava o Pantanal.

Numa pequena clareira, à beira do rio, entre piúnas, angicos e aroeiras, os membros da ARMOPA se comprimiam divididos em bancadas. De um lado os escamados — também conhecidos por lagartos — teiús, sinimbus, papa-ventos, lagartixas, todos imóveis, cabeça erguida e olhar fixo em Croc que conduzia os trabalhos.

Do outro lado, os ofídios, ovíparos e vivíparos, peçonhentos ou não, que chegaram cedo e espichados não deixavam muito espaço para outras espécies. Uma tartaruga tropeçou numa sucuri de oito metros de comprimento, discutiu com ela e quase foram às vias de fato.

— Essa cobra mal-educada está vendo que não há mais lugar para um piolho e fica aí deitadona como se estivesse na varanda da sua casa!

Os quelônios, sempre atrasados, surgiam devagarinho, instalando-se entre cobras e lagartos. Depois de algum tempo, a área ocupada pelos jabutis, cágados e tartarugas mais parecia uma chapelaria apinhada de capacetes. Os crocodilianos alinhavam-se atrás de Croc e os retardatários dentro d'água, que em terra firme não cabia mais ninguém. Uma delegação de aves, chefiada por um tuiuiú, e outra de mamíferos, tendo à frente a capivara, o maior roedor do país, compareceram como observadoras.

O encontro se arrastava há mais de duas horas sem anunciar qualquer conclusão. Como era de se esperar, Croc e Ali Gato polarizavam os debates. Entre um e outro, as intervenções históricas do professor Quelonius Monte:

— Duvido que na Idade dos Reptis, o período Jurássico, os humanos tivessem coragem de invadir nossos espaços. Seriam rechaçados na hora por nossos ancestrais. Ó meu Deus, que fizemos de tão errado para que Você nos tomasse a Terra e a entregasse aos humanos? — evocava o velho jabuti na sua sessão nostalgia. — Que foi feito do nosso amado brontossauro com seus 23 metros de comprimento? Do nosso admirável voador, o pteranodonte, e seus oito metros de envergadura? Do nosso queridíssimo diplodoco e suas 30 toneladas de peso?

Se deixassem, o professor atravessaria a noite discorrendo sobre a época de ouro dos reptis. Croc cortou-lhe a palavra argumentando que "a realidade agora é outra" e lançou sua proposta à votação:

— Proponho que deixemos para tomar uma decisão depois da inauguração do *shopping*. Quem garante que ele não vai melhorar a vida de todos no pan...

Croc, com certeza, pensava no seu olho de vidro. Ali Gato nem esperou que concluísse a frase:

— Pois também quero fazer uma proposta. Que a gente destrua o cartaz, o índio, o estande de vendas e tudo que os humanos botarem naquele espaço.

Quelonius esticou o pescoço para fora da carapaça:

— É nessas horas que sinto saudades do tiranossauro...

O resto da observação do jabuti desapareceu sob o tumulto que tomou conta da assembleia, onde todos falavam ao mesmo tempo sobre as propostas apresentadas. A cascavel que secretariava a reunião sacudiu seu chocalho pedindo silêncio. Antes que a mesa encaminhasse as propostas à votação, Anita, a lagartixa, apresentou mais uma: que a ARMOPA enviasse um representante para conversar com os proprietários do *shopping*.

— Não dizem que os humanos são racionais? Que são os únicos seres com capacidade de abstração e reflexão?

— Eles são mamíferos! — gritou a capivara, orgulhosa.

— Sim, mas com características próprias: o tamanho do cérebro, a postura vertical, eles se vestem, comem com talheres, limpam a bunda, têm senso de justiça... Se colocarmos nossas razões, irão concordar com elas. Basta que um de nós lhes diga que este não é o local mais adequado para um *shopping center*.

A proposta da minúscula Anita, vice-presidente da ARMOPA, tocou os presentes, todos concordando que, mesmo sendo o último elo da cadeia evolutiva, o Homem permanecia animal, mamífero, da ordem dos primatas, da família dos hominídeos. Não se teriam rompido os laços de solidariedade e fraternidade para com as outras espécies. Um teiú bateu palmas e depois um camaleão e uma jararaca e a assembleia levantou-se aprovando por aclamação a sugestão da lagartixa.

— E quem irá argumentar com os homens? — indagou Ali Gato, desafiador.

— O iguanodonte seria perfeito para a missão — intrometeu-se o professor. — Ele era bípede.

Uma tartaruga propôs o nome do presidente da ARMOPA.

— Quem? O Croc? Você está maluca? — reagiu o muçulmano. — Ele é capaz de voltar com o projeto de uma cadeia de *shoppings* para todo o Pantanal.

A bancada dos ofídios se manifestou:

— Estamos fora dessa escolha. Os humanos alimentam preconceitos contra nós por causa daquela história da serpente no Paraíso.

Croc, irritado com Ali Gato que queimara seu nome, sugeriu um representante dos quelônios:

— Eles são adorados pelos humanos.

— Adorados porque são uns inofensivos herbívoros desdentados — emendou Ali Gato. — É preciso que vá alguém de peso, cheio de dentes e que imponha respeito.

A assembleia concordou com o muçulmano. Sem a opção dos ofídios, só restavam os crocodilianos.

— Se é assim — Croc tentou contornar — só há um nome em condições de nos representar: Casé, o jacaré que anda em pé!

Ao ouvir o nome de Casé, um suspiro percorreu as fêmeas (principalmente as jacaroas). Corriam histórias sobre a sensualidade do jacaré, que, diferenciado pelo andar ereto, tornara-se uma espécie de mito do Pantanal, apesar das poucas letras, da inteligência bruta e de sua aparência rude de lenhador.

— Casé é um *playboy* — vociferou Ali Gato. — Está se lixando para o que acontece na região. Cadê ele?

Casé não comparecera à assembleia. O professor Quelonius, que via no jacaré-de-papo-verde-amarelo tudo aquilo que ele gostaria de ser, saiu em sua defesa:

— Casé manteve uma longa convivência com os homens. Conhece a fundo a alma humana.

— Eu também, professor — protestou Ali Gato. — Esqueceu que fui criado num reformatório em Nhecolândia?

— Mas você não fica em pé. Jamais poderá encarar os homens, olho no olho.

— Quem disse? — retrucou o muçulmano, pondo-se de pé por alguns segundos e logo se estatelando no chão.

Abdul interveio, apoiando seu líder.

— Nosso representante tem que ser escolhido entre os presentes. Ali Gato é a certeza da missão cumprida. Ele não vai abandoná-la pelo primeiro rabo de jacaroa que cruzar sua frente.

A assembleia aprovou a ida de Ali Gato.

— Não trairei a confiança de vocês — disse ele no improviso de agradecimento. — Viajarei amanhã para a cidade grande e trarei a promessa dos homens de que não haverá nem um prego a perturbar o equilíbrio da nossa casa. Juro que serei firme e sensato. Alá é meu Deus e Maomé o seu profeta!

## 4

Ninguém se surpreendeu com aquele jacaré sentado a um canto do vagão lendo um livro. Há mais de meio século a segunda classe do Expresso Pantaneiro transportava tudo quanto era tipo de bicho e de gente nos 1 300 km entre Corumbá, MS, e Bauru, SP. Surpresa seria se percebessem que Ali Gato lia o Corão, o livro sagrado do islamismo.

O muçulmano mantinha um olho nas páginas e outro nos viajantes, a maioria turistas. Nunca vira tantos humanos de uma só vez. Na assembleia dos reptis exagerara ao dizer de sua familiaridade com os homens. No criatório onde tinha nascido, conhecera apenas dois humanos: o árabe, dono da fazenda, e a veterinária que aparecia regularmente para medir-lhe o peito e verificar o peso. Ali Gato desconfiara que ela não lhe tirava as medidas para fazer-lhe um terno e tinha tratado de reduzir a alimentação para escapar à fila do abate. Limitara-se a uma piranhazinha nas refeições.

O jacaré fechou o Corão e entregou-se a reminiscências. Recordou a confusão que fazia com o árabe e a veterinária, imaginando-os, pelo corpo, as roupas, os pelos, de espécies diferentes. Como se ele fosse um sáurio e ela um ofídio. Só ao começar a assistir televisão reconhecera-os como macho e fêmea de uma mesma espécie. Justificava-se: entre os crocodilianos não havia diferenças aparentes. Para identificar o sexo dos jacarés, o homem precisava enfiar o dedo na cloaca e procurar o pênis. Ação semelhante à que os humanos chamavam de exame da próstata. Ali Gato se arrepiava só de pensar...

O trem sacolejava na bitola estreita e o muçulmano não se arrependia nem por um minuto de ter fugido do reformatório. É verdade que lá dentro dispunha de água aquecida, alimentos selecionados, exames médicos gratuitos; livre de coureiros e ameaças externas. Mas de que adianta tudo isso sem liberdade? Preferia correr riscos, como seus irmãos do Pantanal, a viver (e morrer) naquela penitenciária de luxo.

O funcionário da Rede Ferroviária atravessou o vagão "acordando" Ali Gato, que percebeu o entardecer batendo na janela e mobilizou-se para mais uma das cinco orações diárias dos muçulmanos, voltados para a cidade santa do Islã.

— Sabe me dizer para que lado fica Meca? — perguntou ao homem.

O funcionário levantou o quepe, coçou a cabeça, repetindo baixinho:

— Meca, Meca... Não é a primeira estação depois de Botucatu?

— Botucatu também fica na Arábia Saudita?

— Acho que o senhor pegou o trem errado. Esse só vai até Bauru.

O jacaré prosternou-se numa direção qualquer. Alá o perdoaria se tivesse se virado para Tel-Aviv. Tudo que Ali Gato queria era conhecer Meca, um dos cinco "pilares da fé" muçulmana, mas por enquanto se contentava em chegar ao Rio de Janeiro e contatar Jacira, uma jacaroa estagiária do *Diário Reptício*, que o ajudaria a encontrar os empresários do Greenwood.

— Ô crocodilo! — gritou um turista gordo. Ali Gato olhou em volta. — É com você mesmo que estou falando. Tem outro crocodilo aqui?

Nada irrita mais a um jacaré do que ser confundido com um crocodilo. É como entre os humanos chamar um chinês de japonês. Apesar de pertencerem à mesma classe e à mesma ordem, são de famílias tão distintas quanto os Silva dos Oliveira. Ademais, há uma diferença visível entre eles; os dentes dos jacarés se encaixam dentro da boca; os crocodilos têm o quarto dente inferior exposto.

— Me respeite. Não sou um crocodilo — respondeu o jacaré, tentando manter a calma.

— Ah, não? É o que, então? Um veado?

O muçulmano lançou-se sobre o turista, jogando-o no chão.

— Tudo bem, tudo bem, "seo" jacaré — desculpou-se o gordo. — Minha mulher só queria convidá-lo para uma foto.

Por Alá, o que seria uma foto? O jacaré não tinha a menor ideia, mas se a mulher o convidava talvez fosse uma dança como o siriri ou o cururu. A mulher pediu a Ali Gato para ficar de pé; ele apoiou-se no banco da frente e ela passou-lhe o braço por detrás, à procura do ombro. O muçulmano percebeu e observou, contido:

— Jacaré não tem ombro, madame.

Ela nem ouviu, excitadíssima:

— Minhas amigas vão morrer de inveja — disse, encostando-se no crocodiliano como se ele fosse um guarda do Palácio de Buckingham.

O maridão levantou a câmera e, ao apontá-la, Ali Gato, rápido, abaixou-se atrás do banco. Os humanos jamais apontavam qualquer coisa diferente de uma arma para os jacarés. O gordo acalmou-o, explicando o funcionamento da máquina, bateu as fotos e logo havia uma fila de turistas querendo tirar retrato com o crocodiliano. O funcionário da Rede cochichou-lhe no ouvido:

— Cobra.

— Ahn? — Ali Gato não entendeu. — Que espécie de cobra?

— Cobra caro — insistiu o funcionário.

— Caro ou coral?

O muçulmano tornou-se a atração da viagem. Saía gente da primeira classe para posar ao seu lado, pedir autógrafos, tocar na sua pele cornificada, um tratamento de *superstar* que levou Ali Gato a reconsiderar a péssima impressão que tinha dos humanos.

Ao chegar a Bauru já havia recolhido uma quantidade considerável de dólares e só não ganhou mais porque se recusou a vender o couro. Na descida o funcionário da Rede procurou-o com uma proposta:

— Que tal uma parceria nas viagens do expresso? Podemos ficar ricos! Você indo e vindo... tirando fotos com os turistas.

— Você disse "podemos"? E você, faz o quê?

— Bem, eu... eu... eu serei seu empresário.

Não durou muito a boa impressão dos humanos. Ali Gato foi a Anhembi, margeando a estrada, desceu o rio Tietê até São Paulo e lá pegou um ônibus para o Rio de Janeiro. O jacaré entrou antes dos passageiros e ajeitou-se quietinho no maleiro acima das poltronas. Seu estômago, sólido como um cofre de banco, dava cambalhotas. Ali Gato passava mal com os "petiscos" que tinha provado no Tietê: latas de cerveja, botinas velhas, embalagens de plástico.

Escurecia no momento em que o ônibus estacionou na rodoviária carioca e Ali Gato não resistiu a um mergulho no canal do Mangue. Os crocodilianos — digam o que disserem — são reptis aquáticos. Do rabo à cabeça, tudo neles funciona à perfeição dentro d'água. Passam horas submersos apenas com os olhos e as narinas (na ponta do focinho) de fora e — prova suprema — são incapazes de acasalar em terra firme. Ali Gato mal começara a nadar e um guardador de automóveis já o avistara:

— Um jacaré! — Sacudia a flanela. — Olha lá, moçada! Um jacaré!

Assustado com os gritos, Ali Gato procurou escapar mas foi paralisado pelos faróis dos carros. Os coureiros do Pantanal capturam jacarés imobilizando-os com uma lanterna nos olhos. É por isso que Casé, o tal que anda em pé, só saía às ruas de óculos escuros, espelhados. Retirado do canal e colocado sobre a calçada, Ali Gato foi rapidamente cercado por populares. Ninguém pensou em lhe fazer respiração boca a boca ou telefonar à Sociedade Protetora dos Animais.

— Alguém tem uma faca aí? — indagou o guardador.

Ali começou a orar por Alá. Os humanos iriam torná-lo em picadinhos ou talvez servi-lo à provençal num grande banquete. O jacaré sabia ser uma espécie de bovino entre os reptis. Dele se aproveitava tudo, do couro à carne; os dentes, de material semelhante ao marfim, e a urina, de onde se extraía um produto usado como fixador pela indústria de perfumes.

— Você vai estragar o couro — reagiu um moreno com ares de mato-grossense recém-chegado. — Não se mata jacaré a faca.

— Então como vamos fazer? — intrometeu-se um crioulo. — Enforcar o bicho?

— Como? Jacaré tem pescoço?

A discussão crescia ao redor de Ali Gato. Logo apareceu uma ecologista de plantão, aos berros:

— Vocês não sabem que jacaré é um animal em extinção?

— Sabemos — respondeu, sério, o guardador. — E só queremos colaborar para isso.

A mulher botou a boca no trombone. Ameaçou se abraçar com o jacaré. Ali Gato ficou indeciso se Alá teria ouvido suas preces ou o escândalo da ecologista. Uma viatura da polícia encostou, os policiais desceram e, sem saber o que fazer naquele tumulto, deram ordem de prisão ao crocodiliano. Enfiaram o bicho no camburão mas desistiram de levá-lo para a delegacia porque a mulher disse que ia junto.

O pessoal do Jardim Zoológico colocou Ali Gato numa cela, na área dos crocodilianos, onde permaneceria alguns dias em observação, e alguém foi buscar um veterinário que lhe identificasse o sexo. A princípio parecia ser uma fêmea, e os funcionários, sabendo do interesse dos jornais, trataram de batizar o muçulmano com o nome de Margarida. Ali Gato queria morrer. Sozinho, descontrolado, antecipando o exame do veterinário, procurava um objeto que lhe permitisse cortar os pulsos (se é que jacaré tem pulsos), quando ouviu uma voz:

— Não imaginei que você viesse me procurar aqui!

Era Jacira, a bela jacaroa.

— Nem eu — gemeu o muçulmano, derrotado.

# 5

Casé aguardou pacientemente uns bons minutos. À sua frente, na antessala, uma fotomontagem do Greenwood cobria toda a parede. Os humanos sabiam vender seus produtos, admirava-se o jacaré. Contemplando a montagem, qualquer um juraria que o *shopping* estivera ali desde sempre e o Pantanal tinha crescido ao seu redor.

A foto transmitia uma ideia de harmonia entre o verde e o Greenwood. A expressão dos animais resplandecia de felicidade. Casé deteve-se na onça-pintada, que parecia sorrir feito uma hiena.

A secretária convidou-o a entrar. O jacaré pegou a pasta (que não era de couro, evidente), sobraçou o jabuti que repousava no assento do sofá e foi acolhido de braços abertos pelo presidente da Greenwood Enterprises.

— É uma honra receber o representante dos reptis do Pantanal. Quer um charuto? Tirar a capa? Colocar o capacete no cabideiro?

Casé respondeu que só tirava a capa para dormir e transar. Quanto ao capacete, mantinha-o ao alcance das mãos. Aceitou um charuto.

— É à prova de bala — explicou o jacaré, apontando para o professor Quelonius, que o acompanhava disfarçado de capacete. — Seus semelhantes estão sempre mirando nas nossas cabeças.

O empresário fingiu não escutar, como convinha.

Logo que a notícia da prisão de Ali Gato espalhara-se pelo Pantanal, a ARMOPA reuniu seu conselho e decidiu-se por Casé que, andando em pé, tornara-se o único reptil em condições de transitar com desenvoltura entre os humanos. Casé resistira de início, dizendo-se em fase de renovação do seu harém. Os jacarés, dependendo da idade, podem reunir até 25 companheiras em seu território, demarcado na água e na terra pelo cheiro almiscarado do próprio xixi, inconfundível para as fêmeas. O crocodiliano acabara no entanto dobrado pelo conselho, que apelou para a causa pantaneira, o equilíbrio ecológico, a extinção dos reptis, essas coisas. Mais do que tudo, porém, contribuíra para sua concordância a possibilidade de conhecer Jacira, a jacaroa de tão comentada beleza.

— Veja a quantidade de telegramas que recebemos pelo lançamento do Greenwood-Pantanal — mostrou o homem, entregando as mensagens a Casé, que examinou-as, uma a uma: bancos, corretoras, associações comerciais, indústrias farmacêuticas, lojas de departamento, construtoras, empreiteiras, firmas de segurança, tribos de índios (guatós).

Depois, o jacaré levantou os olhos e, sereno, perguntou ao empresário:

— Tem ideia do estrago que seu *shopping* vai provocar no Pantanal?

O presidente bateu a mão na mesa e soltou uma gargalhada:

— Estrago? Não me faça rir! Seremos um posto avançado em defesa da Natureza, meu caro. Ninguém mais do que nós está interessado em manter o equilíbrio do Pantanal. Se ele desaparecer o Greenwood tornar-se-á um *shopping* igual a qualquer outro e aí...

Casé ajeitou-se na cadeira, revelando desconforto:

— O Pantanal não aguenta uma construção desse porte. Vai desequilibrar tudo. É a mesma coisa que os bichos deixarem a floresta e se instalarem em Copacabana. Acha isso possível?

— Não só acho como já estou com um projeto em estudos. Queremos trazer 500 tamanduás, 400 tucanos, 300 macacos e muitos outros animais para divulgarem o Greenwood na cidade. Estamos pensando em distribuí-los pelos sinais de trânsito.

O empresário dirigiu-se ao banheiro. O jabuti, que se mantinha recolhido, aproveitou e espichou o pescoço para fora da couraça.

— Ele só pode estar brincando...

— Negativo, professor. Acredita piamente no que diz.

O presidente retornou, suspendendo o zíper da calça:

— Estamos pensando também em levantar um minizoo anexo ao *shopping*, para proteger vocês.

Casé assustou-se:

— Proteger a nós?

— Sim, de caçadores, coureiros, esses homens insensíveis...

— Mas vocês também são homens!

— Só que sensíveis. Estamos do seu lado, do lado da fauna, do lado da vida. Os seres humanos não são unidos como os reptis. — Ele sorriu. — Brigamos muito entre nós.

O “capacete”, no colo de Casé, resmungou baixinho:

— Eles só têm seis mil anos de civilização.

Percebia-se um completo desencontro entre o representante dos reptis e o dos mamíferos pensantes. Suas posições correspondiam à temperatura do sangue de ambos. O jacaré, frio, procurando alertar o outro para as desgraças desse verdadeiro atentado ao pudor pantaneiro. O mamífero, quente, defendendo a importância de sua obra com um fervor quase religioso. Abriu o projeto e pôs-se a folhear as páginas, vomitando números. Sabe quantos empregos serão criados? Quantas famílias serão alimentadas? Sabe quanto vamos gerar em recursos? Quanto será recolhido em impostos? Quanto...?

Casé interrompeu-lhe as cifras:

— E quantas toneladas de lixo serão despejadas na região?

— Tudo reciclável, tudinho. — O homem não perdeu a pose. — Fiquem tranquilos que vocês não verão uma única lata de Coca-Cola boiando nos rios do Pantanal.

A cada resposta, o empresário dava um nó na cabeça do crocodiliano. Olha que Casé se orgulhava de conhecer os humanos! Tinha convivido muito com eles nos tempos em que trabalhava no circo (onde aprendera a ficar de pé), mambembando pelo Centro-Oeste. Seus companheiros, porém, o mágico, o equilibrista, o comedor de fogo, formavam com os bichos da trupe uma só família. Esse humano, que tinha agora à sua frente, devia pertencer a uma classe superior de mamíferos pensantes. O jacaré jamais se defrontara com tipo tão ladino, tão eloquente, cheio de respostas prontas, a querer convencê-lo de que o *shopping* era a melhor coisa que poderia acontecer ao Pantanal. Quelonius soprou uma pergunta para Casé fazer:

— E o que me diz do desenvolvimento sustentável? — repetiu o jacaré sem saber do que se tratava.

— Agora você tocou no ponto! — reagiu o empresário. — É exatamente o que estamos procurando. O desenvolvimento econômico integrado à preservação ambiental. Por enquanto no Pantanal só existe o ambiente, a Natureza. Como integrá-la sozinha? Para haver integração é necessário no mínimo duas partes. Nós somos a outra.

Casé levantou-se. Chega! Era impossível pretender um acordo. O presidente acompanhou-o até a porta:

— Avise a nossos irmãos — fez uma pausa — sim, porque nós humanos também somos animais; que nosso objetivo será a valorização da vida no Pantanal.

— Não estou certo disso — resmungou o jacaré.

— Ora vamos! Vocês precisam sair dessa inércia, precisam entrar para a sociedade de consumo. Este país só se reconciliará com seu futuro no dia em que todos participarem do mercado... inclusive os reptis.

Casé deixou o elevador e botou o "capacete" na cabeça. Apesar de ter levado um "banho" do presidente da Greenwood Enterprises, sua vaidade não lhe permitia entregar os pontos.

— O jogo está apenas começando. Ele vai ver!

— É isso aí, Casé. Ele vai ver!

— Que tal verificarmos, professor, se a lei dos homens permite a construção de um monstrengo daqueles no Pantanal?

— Brilhante, Casé! — O jabuti empenhava-se em levantar o moral do jacaré. — Você é grande mesmo! Vamos lá!

Casé preferia iniciar as buscas no dia seguinte:

— Agora vamos dar um pulinho no zoológico. Temos que libertar o muçulmano.

## 6

Por obséquio, o senhor sabe onde estão os jacarés?

O visitante do zoo mediu Casé de alto a baixo:

— Veio ver algum parente?

— É... um primo afastado.

— Os jacarés estão junto com as tartarugas.

— Se soubesse onde estão as tartarugas, não perguntaria pelos jacarés.

O visitante orientou-o para seguir pela aleia e dobrar à direita quando encontrasse o camelo. Camelo?, repetiu Casé intrigado.

Ele sabia de diversos animais estrangeiros, inexistentes na fauna tupiniquim. Tivera alguns, como o leão, o urso, o elefante, por colegas de trabalho no picadeiro. Não fazia porém a menor ideia do que fosse um camelo.

— Bem — ressaltou o visitante —, não sei se é camelo ou dromedário.

Casé bateu no "capacete" a pedir ajuda. Quelonius soprou-lhe no ouvido:

— Camelo e dromedário é como jacaré e crocodilo. Deixa comigo.

O jacaré retomou a cuidadosa caminhada no interior do zoo. Ele e o professor sabiam estar num terreno minado onde qualquer descuido seria fatal. Seriam apanhados, fichados, examinados, instalados num viveiro e passariam o resto da vida expostos à curiosidade pública, ouvindo besteiras dos humanos, tipo: "pai, jacaré mama?". Uma humilhação.

A placa informava a "residência" dos jacarés. Casé acertou a gola da capa e debruçou-se discreto no gradil, a observar o conformismo de seus irmãos de sangue (frio) com o cativeiro. Deteve o olhar num jovem espécime:

— Não é o filho da Paguá?

— Qual deles? Metade dos jacarés do Pantanal é filho da Paguá.

— Aquele, de que os caçadores usaram o estômago para contrabandear drogas. Foram apanhados no aeroporto. Foi o maior escândalo...

— Tá muito crescido para ser ele.

— Só pode ser. É a cara da Paguá.

Casé pensou em puxar conversa com o jovem no dialeto crocodiliano, aqueles urros e berros semelhantes ao ruído das buzinas. Utilizava-se muito dessa linguagem nas noites primaveris quando os jacarés, prontos para acasalar, "metiam a mão na buzina", causando a impressão de um enorme engarrafamento dentro do rio. Antes que pudesse se dirigir ao filho da Paguá, o jabuti deslocou sua atenção:

— Olha lá a Jacira!

Ao botar os olhos na jacaroa, Casé não conseguiu pensar em mais nada. Jacira realizava evoluções dentro d'água com a graça de um golfinho. Inteiramente abestalhado, o jacaré contornou o gradeamento, aproximando-se de Jacira e, no instante em que ela retornou à borda do lago, ele disparou frenéticos aplausos:

— Bis! Queremos mais! Bis!

A jacaroa relaxou seu corpo ao sol, indiferente. Casé arfava como um touro miúra a querer pular a cerca.

— Ela é sensacional — exclamava. — Jacaroa para crocodiliano nenhum botar defeito. Que boca! Que papo! Que rabo!

O professor achou melhor conter os impulsos de Casé, lembrando-o de que eles estavam ali para libertar o muçulmano.

— Sim. Claro. Mas a essa hora ele deve estar orando. Não convém interrompê-lo. — Casé ajeitou-se dentro da capa. — Me apresenta a ela.

Quelonius negou-se a fazê-lo, explicando que poderia levantar suspeitas, mas o jacaré não lhe deu a menor atenção. Tirou a capa, largou o jabuti no chão falando sozinho e num salto felino pulou a grade, impressionando seus companheiros de cativeiro. Eles ignoravam estar diante de Casé, uma lenda viva que nos anos de circo arrepiava as plateias com suas piruetas e *grands jetés* no balé *O lago do jacaré que comeu os cisnes*. Sentou-se ao lado da jacaroa, tirou os óculos e mordendo a haste, ao estilo de um galanteador barato, jogou sua conversa:

— Você é uma excelente nadadora.

— Obrigada — respondeu Jacira desinteressada.

— Especialista em nado borboleta?

— Todos os estilos, *crawl*, peito, costas...

— Fantástico! Também pega "jacaré"?

— Não faz meu estilo. — Jacira olhou-o. — Como é seu nome?

Casé identificou-se, certo de que iria fazê-la tremer de emoção. Jacira não alterou o tom:

— Já ouvi falar. O tal que anda em pé?

— Modestamente.

Jacira continuou observando-o com um olhar de cientista diante de um raro exemplar:

— Você veio substituir Ali Gato na missão de...

— Não, não — cortou Casé. — Ele é que tentou me substituir mas...

— Você é insubstituível — completou ela, ácida.

Casé sentiu a estocada, irônica. Desagradou-o mais ainda ouvi-la sugerir que fosse libertar o muçulmano. Não era uma jacaroa igual às outras. De qualquer modo, mais cedo ou mais tarde, imaginou, ela se entregaria e ele a teria no papo, fosse amarelo ou verde-musgo.

— Não podemos conversar mais um pouquinho?

— Não. Logo o tratador vai aparecer e você só poderá soltar Ali Gato se a cela estiver aberta.

Casé, por ele, continuaria insistindo com Jacira, mas percebeu que suas chances, pequenas até aquele instante, se reduziriam ainda mais, caso demonstrasse desapreço pela situação do muçulmano, mofando atrás das grades. Retornou à capa, ao "capacete" e pouco depois encontrou Ali Gato rezando ajoelhado (se é que jacaré tem joelhos) na direção de onde supunha estar Meca. Casé encostou-se nas barras da cela e disse:

— Alá esteja convosco!

— Quem é você?

— Maomé — brincou Casé.

Não seria possível chamá-los de "amigos de infância". Viviam se espetando, faziam duras críticas um ao outro. Casé, mais complacente, ainda assim implicava com o jeitão xiita de Ali Gato, agressivo, contestador, sempre a radicalizar. O muçulmano, implacável, reagia firme ao individualismo do outro, mais interessado no sucesso pessoal do que nas questões da comunidade reptília. Aos olhos de Ali Gato, Casé era um alienadão que só se preocupava em administrar seu harém. O bicho, comentava Ali, parece que tem a cloaca na testa! Por detrás dessas desavenças, no entanto, os dois reconheciam a importância, um do outro, para os reptis do Pantanal. Respeitavam-se.

Ali Gato não escondeu seu sofrimento naquela cela, solitário, sem nem sequer a companhia do Corão, esquecido na viatura policial. Jacira atenuava sua dor, aparecendo, quando podia, para conversar.

— Como é que ela sai do alojamento? — indagou Casé, disfarçando uma pontinha de desconforto.

— Dá a grana que recolhe do lago para o vigia noturno. Os humanos se amarram em dinheiro. Esteve na Greenwood Enterprises?

— O homem jura que o futuro do Pantanal depende da construção do *shopping*.

— Não se pode confiar nesses humanos — reagiu o muçulmano, rangendo os dentes e vendo vários lhe caírem da boca, sem se importar, pois uma das razões de os reptis se julgarem superiores aos mamíferos pensantes é o fato de possuírem várias dentições. Seus dentes vão se substituindo uns aos outros até a morte, o que lhes permitiria uma bela economia se vivessem de salário.

— Já desconfiava disso! — Ali cuspiu alguns dentes. — Vamos lhes declarar guerra!

Casé, sem conseguir tirar Jacira da cabeça, omitiu que sairia atrás de outra alternativa e assim ainda seria possível encontrar uma solução. Em vez disso preferiu dizer ao muçulmano:

— Só você é capaz de preparar nossas tropas.

O tratador aproximou-se, interrompendo a conversa. Casé encolheu-se dentro da capa, fazendo-se passar por um visitante do zoo.

— Interessante esse crocodilo — comentou.

— É um jacaré — corrigiu o homem. — Jacaré-do-pantanal.

— E o que está fazendo no Rio de Janeiro?

— Todo mundo quer vir para a cidade grande...

O tratador abriu a porta. Casé não teve a menor dificuldade para empurrá-lo, deixar o muçulmano escapar, e girar a chave no cadeado. Os dois saíram em disparada e Ali Gato tentou se desviar:

— Preciso falar com Jacira.

— Agora não dá tempo — Casé trouxe-o de volta. — O professor fica e depois a leva ao nosso encontro.

Sem reduzir o ritmo da corrida, Casé passou a mão no "capacete" e, numa admirável sincronia de movimentos, lançou-o tal um disco dentro do alojamento dos crocodilianos. Quelonius caiu no meio do laguinho.

Jacira surgiu no local combinado carregando o jabuti na cabeça:

— Os humanos estão enfrentando uma crise econômica brabíssima — foi dizendo. — Se largo o professor no asfalto ele já teria virado sopa de tartaruga.

Ali Gato lembrou-se de seu drama ao entrar na cidade. Casé tirou o jabuti de cima da jacaroa e pediu-lhe que se afastasse. Os três crocodilianos iriam ter uma conversa particular.

— Também sou reptil! — esbravejou Quelonius. — Cordado, craniota, gnastomado, tetrápode igual a vocês!

— Sim, sim, mas de outra família, mestre. Esse não é um papo para quelônios.

O professor afastou-se vagaroso. Os jabutis quando contrariados conseguem o que parece impossível: tornar-se mais lentos. Casé saiu na frente e disse ao muçulmano:

— Agora você já pode voltar ao Pantanal.

Ali Gato tinha outros planos:

— Essa missão aqui é minha! Fui escolhido por uma assembleia popular e democrática!

— Só que você não se saiu muito bem...

— Isso não voltará a acontecer!

— Quem garante?

— Eu garanto! — intrometeu-se Jacira. — Conheço a cidade grande, os humanos, seus truques, suas manhas... não deixarei Ali Gato entrar em outra “quente” — concluiu, usando a expressão crocodiliana correspondente a “entrar numa fria”.

Casé irritou-se com a intervenção de Jacira:

— Escutem bem! Não pedi para vir. Nem fui à assembleia. Eles foram me tirar do sossego, implorando para que viesse soltar você e conversar com os homens... a missão agora é minha! Vou levá-la até o fim!

A segurança na fala do jacaré não deixou dúvidas sobre sua decisão. Ali Gato, sempre tão encrespado, sentia-se inferiorizado, sem condições de enfrentar Casé, que afinal o livrara da prisão. Baixou a voz, olhou de relance para Jacira, e respondeu:

— Se tiver que voltar, prefiro o cativeiro. Posso me aposentar no zoo e continuar vivendo no Rio. Aqui pelo menos tem uma mesquita.

Ali Gato parecia fora de si. Era inacreditável ouvir aquelas palavras saindo, mansas, da boca do destemido xiita. Para Casé, no entanto, não havia surpresa: o muçulmano despia-se de sua vocação guerreira e de tudo o mais para permanecer próximo a Jacira. O jacaré resolveu mudar de tática:

— Você fala como um servidor público, xiita. Fala como se fosse vestir o pijama da zebra! Você é um líder, um jacaré carismático! O Pantanal precisa de você! A classe reptília precisa de você, sua coragem, determinação. Sem você corremos o risco de seguir os passos da onça, da ariranha e entrarmos para o rol dos animais em extinção. Você tem que retornar!

Fez-se um silêncio pantaneiro entre os três. Ali Gato deixava clara sua indecisão entre o dever e o prazer. Refletiu alguns segundos, procurou os olhos de Jacira e perguntou:

— Você vem comigo?

A jacaroa surpreendeu-se; não esperava pelo convite.

## 7

Casé entrou no boteco, sentou-se, pediu uma cerveja e dois copos. O garçom olhou em volta e perguntou:

— Dois copos? O senhor está esperando mais alguém?

— Se estivesse pediria três — respondeu Casé, colocando solenemente o “capacete” sobre a mesa.

O jacaré tinha contado ao professor da conversa particular entre ele, Ali Gato e Jacira — “era papo para crocodiliano” — e satisfeito com a aprovação do jabuti, sugerira uma geladinha para refrescar as ideias e a garganta.

Casé encheu os dois copos empurrando um deles para junto do “capacete”. Tinha aprendido a beber de tudo nos seus anos de circo, mas o professor, um teórico, só conhecia cerveja de leitura:

lançou o pescoço fora da carapaça e enfiou a cara na espuma. Casé não se conteve:

— O senhor está pronto para um anúncio de lâminas de barbear.

O jabuti reclamou da borda do copo, muito alta para ele, e o jacaré pediu um prato de sopa.

— Canja ou creme de ervilha? — perguntou o garçom.

— Só o prato!

— Vazio??

— Sim, vazio. Depois que a cerveja esquenta, passo-a para um prato fundo.

Casé tinha aperfeiçoado seu espírito brincalhão na intimidade com os humanos e, por não sorrir, suas observações se revestiam de absurda sinceridade. O riso é característico dos seres humanos: os irracionais não riem, levam tudo muito a sério.

O jacaré colocou o copo dentro da boca, virou-o de uma vez e partiu para provocar a memória do professor. A língua solta pela bebida talvez fornecesse alguma pista para o próximo passo da missão.

— Que sabe sobre aquelas terras, professor?

Quelonius, vendo o companheiro descer a cerveja de uma talagada, fez o mesmo no prato de sopa. Estalou a língua e falou:

— Bem, tudo indica que há 60 milhões de anos, o Pantanal tinha a forma de um gigantesca calota. Iniciou-se um processo de acomodação da crosta terrestre que se estendeu até 15 milhões de anos atrás, quando...

— Fale de um passado mais recente, professor — Casé interrompeu-o. — Ou eles inauguram o *shopping* e nós ainda estamos aqui.

O professor esvaziou o segundo prato de cerveja:

— Esta história é interessante, Casé, porque desfaz a versão de que o Pantanal surgiu das águas do Pacífico represadas após a aparição da Cordilheira dos Andes, que...

— Não temos muito tempo, mestre — o jacaré tornou a interrompê-lo. — Que sabe especificamente sobre aqueles sete mil hectares que formam a chamada Grande Curva do Taquari?

O jabuti percebeu alguém bebendo de canudinho em outra mesa e gostou da ideia. Para aumentar a estranheza do garçom, Casé gritou:

“Eu já estava achando os humanos generosos demais!”

Casé

— Mais uma cerveja e dois canudinhos! — Virou-se para o "capacete". — Vamos, professor! De quem eram as terras?

— Consta que no final do século XVIII os índios guaicuru, tereno e paiaguá...

— Não vai me dizer que é uma reserva indígena.

— Porra, Casé, para de me interromper! Não existem reservas no Sul. Nem reservas, nem estações ecológicas, nem parques nacionais, nem nada. A única área reservada fica no extremo norte, o parque do Cará-Cará: 145 mil hectares, menos de 1% do Pantanal, onde vivem 400 índios guató.

— Não é muita terra para pouco índio?

— Você não diria isso se soubesse que 97% da área fica submersa.

— Eu já estava achando os humanos generosos demais!

Quelonius entrou no terceiro prato, de canudinho:

— Posso continuar?

— Tô esperando. Até agora não disse nada que preste.

— Pois vou lhe dizer que o imperador Pedro II doou as terras à família de um mascate português, que por sua vez abandonou-as durante a Guerra do Paraguai. Houve uma longa pendência judicial e neste século a área voltou às mãos da União. Um governo militar nos anos 1970 falou em transformar a área num parque nacional. Não sei o que foi feito...

Casé levantou-se num impulso:

— Pois vamos saber! Esses humanos vão ver com quem estão lidando.

A Delegacia de Terras do Ministério da Agricultura ficava no centro comercial e bancário da cidade. Casé logo entrou no compasso dos humanos, caminhando apressado como se o mundo fosse acabar às 18 horas. Sobre sua cabeça, o professor quicava, tonto e soluçante, observando com certo estupor aquela movimentação frenética.

— Que está acontecendo, Casé? Que barulhada infernal é essa?

— Nada de especial, professor. Os humanos são ruidosos mesmo.

— Nossos ancestrais eram bem maiores e faziam muito menos barulho.

— Os dinossauros não andavam de carro.

— Nunca vou entender por que Deus nos tirou o controle da Terra e entregou-o aos humanos.

— Simples: Deus não é um reptil.

Casé parou, esperando abrir o sinal.

— Tô com vontade de fazer xixi — gemeu o quelônio.

— Agora? Se botá-lo no chão e alguém anunciar um jabuti mijando na avenida Rio Branco vai juntar uma multidão... Os humanos adoram uma novidade.

— Tô muito apertado, Casé.

— Segura mais um pouco. Estamos chegando.

— Não vou aguentar...

— Se sentir um caldo quente escorrendo pela minha cabeça — ameaçou o jacaré —, jogo o senhor dentro da primeira lixeira.

Casé desceu do elevador, tirou o "capacete" e sobraçando-o como a um bolo de noiva, levou-o ao toalete. Quelonius girou a cabeça: pias, espelhos, mictórios, vasos sanitários, ladrilhos brancos, um ambiente desconhecido para um jabuti do Pantanal.

— Que é isso?

— Um banheiro!

— Ah, isso é que é um banheiro? — O "capacete" só conhecia banheiro de leitura. — Todos os humanos fazem suas necessidades nos banheiros?

— Alguns não chegam a tempo...

— Que organização! — O professor vertia seu xixi na pia, colocado por Casé. — Vai ver foi por isso que Deus deu preferência aos humanos: eles têm banheiros!

O jacaré debruçou-se sobre o balcão da Delegacia de Terras. Era impossível ignorar aquela figura de dois metros de altura, capa, "capacete", óculos espelhados, mas naquela repartição pública estavam todos muito ocupados não fazendo nada, de modo que os funcionários continuaram circulando por entre as mesas, indiferentes, como se Casé fosse invisível.

Impaciente, o jacaré meteu as patas no peito de um servidor do outro lado do balcão e suspendeu-o pela camisa.

— Você vai me dar informação sobre uma área do Pantanal!

— Área cultivada? — O servidor permanecia suspenso no ar. — Não? Então o senhor deve ir à sala da Divisão de Terras Devolutas.

Casé entrou na sala da DTD e tornou a explicar seu interesse.

— O Pantanal tem um tratamento especial — disse a mulher. — Procure na sala da Divisão de Proteção do Meio Ambiente.

Casé tornou a obedecer e mais uma vez explicou-se.

— O senhor falou Grande Curva do Taquari? Aqui só tratamos do meio ambiente que fica no Norte. Mato Grosso do Sul é na sala ao final do corredor.

O jacaré já estava à beira de uma ataque de nervos.

— É aqui mesmo.

Casé respirou aliviado.

— Só que o senhor precisa preencher um formulário de consulta, pagar uma taxa, formar processo, pegar um protocolo e voltar dentro de dez dias.

— Que baita organização! — sussurrou Quelonius no ouvido de Casé.

O jacaré conhecia bem a burocracia dos humanos. Várias vezes acompanhara o dono do circo em suas peregrinações pelas repartições para tirar licenças, pegar alvarás, pagar taxas. Entrou com a mesma manha.

— Quebra esse galho pra mim. Preciso disso hoje.

— Nossos computadores estão fora do ar. Não temos contato com Brasília...

Casé escorregou uma grana ao funcionário.

— ... mas vou dar um jeitinho pro senhor.

O homem desapareceu por detrás de uma divisória. O professor, que acompanhava tudo silenciosa e pacientemente encolhido dentro da couraça, meteu as caras:

— O que levou esse humano a mudar de ideia tão depressa?

— Derramei uma lágrima — disfarçou Casé. — Ele ficou com pena de mim.

O funcionário reapareceu:

— A última informação data de 1975. Um decreto presidencial cria um parque nacional na área denominada Grande Curva do Taquari.

Casé jogou o "capacete" para o alto e deu três urros de felicidade:

— Então eles não podem construir um *shopping*. Estamos salvos!

De posse da xerox do decreto, o jacaré se mandou para dar a boa-nova a Jacira no zoo.

## 8

Jacira não esquecia a expressão de Ali Gato chamando-a a partir com ele para o Pantanal. Perturbada pelo convite, ela sempre falante, emudeceu como um quelônio. O muçulmano pegou-a pelo antebraço, alheio à presença de Casé, carregou-a para dentro d'água e olhando-a nos olhos, deixou correr seu choro.

Por pouco o impacto provocado pelo gesto de Ali Gato não afogou Jacira. Se estivesse no cio era a hora de perder a virgindade. Ela sabia, como todos os jacarés, que as glândulas lacrimais dos crocodilianos só funcionavam em terra firme, numa mera reação mecânica, sem nenhuma emoção. Aquelas, portanto, não eram as famosas "lágrimas de crocodilo", que se tornaram expressão de fingimento entre os humanos.

Sem forças para encarar o olhar suplicante do muçulmano, a jacaroa disse-lhe que se fosse na companhia de Alá:

— Porque meu lugar é aqui, Ali.

Justificou a decisão pela importância de sua permanência na cidade grande para a causa reptília, tanto quanto o imediato retorno de Ali Gato ao Pantanal. Um nobre argumento a encobrir uma meia verdade. No fundo Jacira foi contida pela certeza de que, por mais que acreditasse no amor — sentimento que descobrira na cidade grande — não gostava do muçulmano, não a ponto de mudar o curso do seu projeto de vida animal.

Jacira havia saído do Pantanal muito pequena, levada dentro de uma caixa de isopor por um casal de turistas interessado em alegrar a infância do filho. Não demorou e foi abandonada no lago da Quinta da Boa Vista, quando a família constatou que ela comia demais, crescia demais, não dava papo para o garoto e nunca atendia ao ser chamada pelo nome. Denunciada por frequentadores, capturada pelo Corpo de Bombeiros, trancafiada no zoo, ganhou uma ficha genérica de identificação e recebeu a argola numerada dos indigentes. Jacira tornou-se uma anônima *Caiman latirostris*, conhecida pelo número 00069.

Uma trajetória sofrida, onde aos traumas do sequestro pelo casal de humanos, da viagem encaixotada, do abandono, da perda de identidade, somou-se a difícil convivência com os crocodilianos da cidade grande. Tipos que se mantinham sempre em atitude superior diante dos recém-chegados, sobretudo do Pantanal — correspondente ao Nordeste dos humanos —, como se somente eles fossem vertebrados pecilotermos, com dentes implantados em alvéolos e um palato ósseo secundário completo.

Aos olhos dos aburguesados crocodilianos, Jacira não passava de uma "reptirante" sem classe, subclasse ou família a invadir seus espaços. "Aqui", disse-lhe um bem nutrido jacaré, "os humanos são nossos empregados: trazem a comida, limpam os alojamentos, cuidam de nossa saúde".

A partir daí Jacira entendera a cabeça dos seus companheiros nascidos e criados no zoo: para poderem optar pela vida mansa da instituição, invertiam as verdades, buscando argumentos que calçassem tal escolha. Uns reptis, no pior sentido da palavra.

Forjada na rejeição, Jacira determinara-se a dar a volta por cima, nada fácil para os jacarés que vivem ao rés do chão. Não iria se dobrar nem se acomodar como ocorrera com o filho de Paguá, que, trazido à força do Pantanal, tornara-se preguiçoso e balofo, preferindo esquecer suas origens. Um pequeno detalhe empurrara Jacira para o alto: sua habilidade dentro d'água, desenvolvida na banheira do casal de turistas, começara a chamar a atenção e logo ela ascendia à segunda bilheteria do zoo, abaixo apenas do macaco Tião. Na condição de estrela, a jacaroa fizera uma participação na telenovela *Pantanal*, recebera convites para se apresentar em Miami e, melhor do que tudo, havia se imposto aos esnobes companheiros, que deixaram de considerá-la uma jacaroa pau de arara.

Jacira, porém, queria mais. Tivesse a cuca dos crocodilianos ociosos da cidade grande e deitar-se-ia sobre os galhos e gravetos da fama. Suas preocupações, no entanto, orientavam-na na direção do Pantanal. Queria fazer algo por sua classe (reptília), sua subclasse (arcossauros), sua ordem (crocodilianos) e principalmente sua família, cujos irmãos morriam aos milhares na devastação de sua terra. A oportunidade surgia agora, com o caso Greenwood. Ali Gato compreendeu, evocou Alá, chamou Maomé e viajou para mobilizar a ARMOPA.

»

Casé saltou sobre o gradil aos gritos:

— Jacira! Ganhamos! Ganhamos a guerra! Jacira!

O filho de Paguá, imóvel há horas naquela modorra crocodiliana, permitiu-se abrir um olho:

— Ela saiu.

— Sabe onde foi?

— Foi ao médico-veterinário ver uma dorzinha na cloaca — e mergulhou no lago antes que o outro lhe enchesse o saco e o papo com mais perguntas.

Casé tirou a capa, os óculos, atirou o "capacete" para o lado — às vezes esquecia que havia dentro um jabuti — e deitou-se à beira d'água. O final vitorioso de sua missão estimulava-o a fazer o que não fazia há tempos; agir como um simples jacaré.

Olhos fechados, antevia o retorno ao Pantanal: uma recepção do tamanho de sua vaidade. Faixas, discursos, uma multidão de reptis a querer erguê-lo, a gritar seu nome. Lá ia ele desfilando pelo cerrado sobre os cascos dos quelônios, os lagartos de batedores, à frente, e os ofídios serpenteando à sua volta.

Ali Gato não poderia mais acusá-lo de indiferença pelos problemas da comunidade: "vou tapar a bocarra daquele xiita".

A expectativa da "canonização" apressava seu regresso. Ao mesmo tempo admitia que a vitória não seria completa sem Jacira. Queria porque queria embaraçar-se com a jacaroa dentro d'água. Só que Ali Gato saíra na frente: estava cheio de amor para dar. Talvez por influência da religião, o muçulmano também parecia acreditar naquele culto indefinido a que os humanos chamavam de amor. Casé pretendia apenas os sessenta segundos de prazer da cópula crocodiliana.

O jacaré lembrou-se dos tempos do circo, quando as comemorações ao arriar das lonas, após o último espetáculo, quase sempre lhe rendiam uma cloaca de despedida. Quem sabe depois do sucesso de sua empreitada, às vésperas de viajar de volta, uma celebração a dois não faria Jacira baixar a guarda? Certo de que as circunstâncias o favoreciam, o jacaré relaxou e submergiu no sono profundo dos crocodilianos.

— Sabe que assim você não difere em nada desses come e dorme do zoo?

Ao ouvir a voz de Jacira, Casé deu um salto e pôs-se de pé como um boxeador em guarda.

O boxe, por sinal, fora um dos primeiros números de Casé no circo. A apresentação contra o urso Polaroide era o ponto alto das funções mas não tinha durado muito: Polaroide não resistira ao calor do Centro-Oeste e depois da descomunização da União Soviética preferira retornar à Sibéria e abrir seu próprio negócio, um botequim.

— Estava esperando você — disse Casé — para sairmos e comemorarmos... — O final da frase foi omitido de propósito.

— Comemorarmos o quê, exatamente?

Casé sentiu coçar a ponta de sua língua pálida e enrugada. Para um jacaré presunçoso como ele, era difícil deixar de jactar-se do próprio sucesso. Reconheceu, no entanto, que silenciando aumentaria as possibilidades de ter a companhia de Jacira.

— Não seja curiosa. Conto enquanto comemos. Gosta de peixe?

— Muito.

— Então vamos jantar na lagoa Rodrigo de Freitas.

Os crocodilianos em geral são bons garfos (se é que jacaré usa talher). Comem de tudo, desde que seja à base de proteína animal (não se tem notícia de jacarés vegetarianos). Possuem um metabolismo lento e um sistema digestivo de fazer inveja aos seres humanos: suas fezes, farináceas, não têm cheiro.

— Sabe que nas minhas andanças jamais encontrei uma jacaroa tão atraente quanto você?

Um jantar à luz de velas (Casé apanhou-as num "despacho" próximo), lua cheia, beira da lagoa, a atmosfera não poderia ser mais propícia às intenções do jacaré.

— Casé, você veio me cantar ou me contar?

Preocupado em exibir seu charme, o jacaré parecia ter se esquecido de que Jacira não era igual às outras, não era daquelas jacaroas matutas do interior que ele conquistava com um passo e dois pulos.

— Adoro sua mandíbula — prosseguia ele sem ouvi-la —, o formato do seu focinho, suas membranas natatórias, esse rabo ágil e sensual, tudo em você me agrada. Acho que formaríamos um belo par.

— Está dizendo que tudo em você também lhe agrada?

— Não sou dos piores — retrucou Casé, com a falsa modéstia entortando-lhe a boca.

Jacira, aprendendo na escola da cidade grande, não se deixava enrolar pelo papo furado e amarelo daquele jacaré com pose de pavão.

— Diga logo o que você quer.

— Ficar com você. Volto amanhã para o Pantanal e imaginei que pudéssemos nos despedir em grande estilo. Por que não nadamos um pouco?

A jacaroa nem escutou a proposta:

— Peraí! Volta amanhã? E as investigações sobre as terras do Greenwood?

Casé passou lotado de empáfia:

— Terminaram. — Fez o gesto característico de "tudo encerrado". — Era esse o motivo da comemoração! Tudo resolvido. Não há mais o que temer. Ganhamos essa batalha. Eles não podem construir naquelas terras. Descobri um decreto...

— Eu sei! O decreto 933 de 1975. — O queixo do jacaré foi ao chão. — Você se esquece de que estudo Comunicação por correspondência? Sei apurar informações. O pessoal da Greenwood deu um nó no decreto. Doou uma grana à entidade ambientalista que ganhou do governo a administração do parque e em troca recebeu 10% da área.

— Não significa que eles possam construir o *shopping*.

— Teoricamente não. Só que a Greenwood Enterprises criou sua própria entidade ecológica, que ficará encarregada das vendas de produtos da região dentro do parque. No projeto são lojinhas rústicas, dedicadas à comercialização do artesanato indígena, cerâmica dos cadiuéus, cestaria dos terrenos, tapeçaria dos guatós. Na prática será um centro comercial gigantesco com vagas para mil carros. O projeto já foi aprovado pela Comissão de Defesa do Meio Ambiente do Congresso.

Casé custava a crer no que acabava de ouvir. Empalideceu e o amarelo do papo espalhou-se por todo o couro.

— Mas... mas... é ilegal, irregular, imoral... é tudo!

— Ora, Casé, parece que você não conviveu com os humanos. Escorregam um dinheiro aqui, outro ali e está tudo resolvido.

E agora? O jacaré já havia enviado um telex a Croc com a cópia do decreto e o anúncio do desfecho bem-sucedido de sua missão. A essa altura a ARMOPA devia estar organizando a maior festança. Casé levou os dedos à cabeça sem se lembrar de que deixara o "capacete" no zoo.

— Você precisa me ajudar, Jacira — gemeu.

A jacaroa sensibilizou-se ao ver o jacaré assustado, inseguro, reduzido às dimensões de uma lagartixa.

— Você é tão melhor quando não está fazendo gênero. Será que precisa sofrer para se crocodilizar (humanizar, diriam os mamíferos pensantes)?

Casé lançou-lhe um olhar, revelador de todo seu contido desespero, e lamentou-se:

— Com que cara vou aparecer no Pantanal?

## 9

A notícia que Casé enviou ao Pantanal espalhou-se na velocidade do mercúrio nos rios. Transformada, boca a boca, "na vitória da ARMOPA sobre os humanos da Greenwood", criou um clima de euforia entre os animais da região como não se via desde a promulgação da decorativa Lei de 1967 de Proteção à Fauna Pantaneira.

Quelonius, a memória do Taquari, sabia melhor do que ninguém que o Pantanal não tem tido motivos para muitas comemorações. Considerado uma das áreas mais vulneráveis do mundo, sobrevivendo debaixo de forte pressão, bombardeado diariamente por diferentes formas de agressão, esse "pulmão da Natureza" vem sofrendo mudanças tão drásticas que sua fauna já se reduzira a 30% do que era em 1979 e a União de Conservação da Natureza, com sede em Londres, prevê sua destruição completa para a segunda década do próximo século.

— O Pantanal é uma casa da mãe joana — repetia com frequência o professor. — Uma região abandonada à própria sorte que não sabe sequer sua superfície exata.

A hora, porém, não pedia previsões catastróficas. O auspicioso comunicado de Casé mantinha o astral alto, o moral elevado e os reptis movimentavam-se na organização das homenagens ao jacaré com a mesma animação dos seus ancestrais ao pisarem o chão da terra.

— Nós fomos os primeiros — contava sempre o professor, batendo orgulhoso no plastrão. — Até nossa chegada a vida do planeta esteve confinada à água. Fomos nós, subindo mais um degrau na escala evolutiva, então encalhada nos anfíbios, que demos o passo decisivo para a conquista da terra. Fomos nós que permitimos o surgimento dos mamíferos. Sem nossa colaboração os humanos seriam seres aquáticos e já teriam morrido afogados ou de pneumonia.

Junto a um pirizeiro das terras baixas, à margem de um corixo, a comissão nomeada por Croc para recepcionar Casé decorava o palanque, orientada por Paguá, a promoter da ARMOPA.

— Quem vai fazer uso da palavra? — perguntou ela a Croc.

— Um representante de cada classe de reptil, começando pelos quelônios que falam pouco, os lagartos que falam rápido, os ofídios que não falam sem botar a língua para fora e por fim os crocodilianos...

— Aves? Mamíferos? O papagaio quer dar um palavrinha...

— Negativo. Ele fala demais, é muito repetitivo.

— Não seria interessante Ali Gato dizer alguma coisa? Ele foi o indicado pela assembleia da ARMOPA.

— Se encontrá-lo, convide-o. — Croc não escondeu seu desdém. — Mas avise que ninguém aguenta mais ouvir trechos do Corão.

Croc era outro, entre muitos, a fazer restrições ao muçulmano. O presidente da associação o considerava um barril de pólvora ambulante, e ao tê-lo de volta da cidade grande mais uma vez se vira obrigado a gastar saliva para impedi-lo de declarar guerra ao Greenwood. As boas-novas de Casé reforçaram os argumentos de Croc e arrefeceram o ânimo de Ali Gato para ir à luta.

— Algum dia você comandará a ARMOPA numa guerra total aos humanos — consolara-o Croc ao se despedir, dando-lhe um tapinha nas placas córneas do dorso.

Ali Gato concluíra o *khutbah*, sermão do meio-dia. Empenhava-se nas orações, pedindo forças a Alá para não continuar se parecendo com os humanos apaixonados que colocavam suas vidas na órbita da fêmea amada. O determinado xiita queria impedir que a jacaroa se assenhoreasse de seu coração.

Reuniu os muçulmanos e seguiu com eles para o "restaurante" Viveiro Branco na mata alta, na esperança de almoçar um filhote de garça ou de colhereiro (no restaurante Viveiro Preto serviam biguás, baguaris...). Abdul, que fora na frente, aconselhou outro lugar.

— Esse tá muito cheio, chefe. Olha só.

Embaixo do viveiro, esperando vagar uma mesa ou cair algum filhote, havia: um grupo de piranhas, um casal de jacarés, duas sucuris solteironas. À espreita, nas árvores: um solitário quati, uma família de jaguatiricas, três jovens sinimbus, dois macacos bugio e, ausente, mas com reserva feita, uma onça, que devia estar se pintando. Sobrevoando os ninhos, uma turma de urubus e os carcarás de sempre.

— Esse lugar virou moda! — chiou Ali. — Tem outro restaurante aberto por aqui?

— Conheço um que serve uns ovinhos de tuiuiús excelentes — respondeu Abdul.

Os muçulmanos percorreram oito ninhos da ave símbolo do Pantanal e encontraram todos vazios.

— Não se bota mais ovo como antigamente — resmungou Ali Gato.

De fato a reprodução das aves que dependem da água para sobreviver vem diminuindo sensivelmente pela ação de substâncias venenosas derramadas nos rios: inseticidas, fungicidas, mercúrio, vinhoto das usinas de cana. Suas partículas entranham-se no plâncton que nutre os organismos larvais que alimentam os peixinhos herbívoros que são ingeridos pelos peixes maiores que são comidos pelas aves aquáticas que são devoradas pelas aves carnívoras no topo da cadeia alimentar. Foi por aí que o americano falcão-peregrino entrou na lista dos animais em extinção.

Ali Gato deixou de lado o desejo de almoçar uma ave e partiu para o feijão com arroz de todos os dias: moluscos, camarões, lagostins. Talvez estivesse esperando a conta ou palitando os dentes (e haja palito!) quando surgiu Paguá. O muçulmano não ia com o focinho daquela jacaroa festiva que pertencera ao harém de Casé, já vencera um concurso de miss e agora vivia a abanar o rabo para cima e para baixo, ajeitando a peruca ruiva, presente de uma turista estrangeira.

— Ali Gato! — exclamou ela, efusiva. — Cadê você, meu xiita? Tá sumido!

O jacaré rosnou qualquer coisa incompreensível.

— Tamos organizando uma festinha pro Casé. Ele foi bárbaro, não foi? Queremos convidar você e seus amigos. Não precisa levar nada.

— Só vou a festas religiosas — resmungou o muçulmano.

— Coisa mais antiga, meu xiita! É uma festinha cívica. Sem pecado. Só vamos agradecer o que fez pelo nosso pedaço.

— E o que ele fez? — reagiu Ali despeitado.

— Não sabe, meu xiita? Ele descobriu o decreto...

— Isso não vale nada — cortou ele.

— Como não? Nunca foi revogado...

— E daí? Os humanos não respeitam leis, nem decretos...

— Nem sinal de trânsito, nem dia santificado, nem fêmeas prenhas, nem nada — reforçou Abdul, sempre solidário ao chefe.

Paguá não era jacaroa de discutir, forçar a barra. Fazia gênero cuca fresca: quer ir, vai; não quer, vamos nós. Não desconhecia a antiga rivalidade entre o muçulmano e Casé, mas como relações-públicas da associação não podia ficar se prendendo a questões animais.

— O convite tá feito! Se quiser aparecer nos dará muito prazer. Há um lugar para você no palanque.

E afastou-se exagerando o sacudido do rabo. Paguá tinha mais o que fazer do que cansar sua beleza com muçulmanos mal-humorados. Seu ex-sultão deveria estar chegando e não poderia encontrar nada menos do que uma recepção digna de um herói pantaneiro. A jacaroa tinha pensado até em contratar as irmãs Suruaná, tartarugas do litoral, das maiores do mundo (um metro de comprimento, 200 quilos de peso) para carregarem Casé em mata aberta. As manas, no entanto, já tinham a agenda fechada para o ano todo com *shows* e apresentações. Paguá conformara-se em usar jabutis e jabotas, pratas da casa.

Os ofídios preparavam para a ocasião um número especial: escreveriam no centro da clareira, com o próprio corpo, o nome do jacaré. A sucuri seria o C; três jiboias formariam o A, a sinuosa coral faria o S, um quarteto de surucucus completaria o E. Nenhuma cobra se apresentou para fazer o papel menor de acento agudo que acabou sobrando para Anita, a lagartixa.

Após o desfile, os discursos e o *show* dos artistas locais — Paguá amarrava a programação — seria servido um sopão de pintado e furrundum para quem gostava de doce. A partir daí começava o baile, sem hora para acabar, movido a sanfona, gaita de ponto, viola de cocho, ganzé de taquara, atacando um rasqueado e muito siriri que o Pantanal todo ia dançar. No siriri as fêmeas participavam — diferente do cururu — colocando-se em fila com seus machos e descrevendo movimentos delicados, inspirados nos passos de minueto dos humanos.

Enquanto Paguá corria de um lado para outro, equilibrando a peruca na cabeça, a bicharada esperava por notícias de Casé. O jacaré, todos sabiam, era meio imprevisível, mas como não dispensava um aplauso, a falta de informações sobre sua chegada gerava expectativas. Entre as hipóteses não se descartava a aparição súbita de alguma jacaroa, fazendo-o esquecer-se da vida e do caminho do Pantanal. Só não passava pela cabeça dos reptis, fosse a cabeça retrátil dos quelônios, a flexível dos lagartos ou cabeça sem pescoço dos ofídios, que o grande Casé, corifeu dos crocodilianos, tivesse quebrado o focinho e metido os traseiros pelos dianteiros.

Croc ajeitou o tapa-olho, assumiu ares de ministro das Relações Exteriores e partiu em missão para o local onde a Greenwood enfiara seu *outdoor*. Entregaria uma cópia do decreto e comunicaria oficialmente a impossibilidade legal de ser construído um *shopping* naquela área de proteção ambiental.

Após a chamada Noite da Motosserra, não ocorrera nada mais que pudesse provocar apreensão à bicharada. Nos dias subsequentes, a ARMOPA tinha escalado uma divisão de lagartos para ficar de olho na área. Eles foram os escolhidos por serem atentos, silenciosos e, da cor das matas, dispensarem a camuflagem, tão necessária para os humanos (em guerra) se confundirem com a Natureza. Os lagartos, no entanto, todos os dias retomavam à base sem novidades. Além do índio guató, não se observava qualquer movimentação que pudesse significar o início das obras.

Com a viagem de Casé, o presidente da ARMOPA tinha dispensado os espiões e se mantido em compasso, régua e esquadro de espera. Agora, munido de um dado novo, o decreto, Croc sentia-se seguro para uma incursão diplomática à área.

Três caboclos terminavam de cercar o terreno, fincando o último moirão. Surpreso, Croc deu um tempo para baixar o nível de sua irritação e, como era do seu feitio, aproximou-se de mansinho.

— Já leram isso aqui? — Entregou a cópia do decreto ao primeiro que passou ao outro que passou ao terceiro, o mais espertinho dos três.

— O sinhô lê pra nóis? Eles num sabe lê e eu... não truce os ócros.

Croc colocou o papel meio de lado, para focá-lo melhor com seu único olho, e leu-o com a solenidade de um édito papal até a conclusiva frase "revogam-se as disposições em contrário". Os caboclos permaneceram olhando para o jacaré como se ele tivesse lido algo no dialeto dos crocodilianos.

— Isso aqui é uma reserva do governo — ele resumia o conteúdo. — Um parque nacional.

— Que qui o sinhô qué que a gente faiz?

Croc dirigia-se aos três caboclos analfabetos com a mesma respeitável postura de um humano diante de um chefe de Estado do Primeiro Mundo. Para os bichos, classe é apenas uma categoria da taxionomia biológica, de modo que não fazem qualquer distinção de ordem social, econômica ou cultural ao lidarem com os mamíferos pensantes. Para eles, diferente do que ocorre entre os homens, é tudo igual.

— Não é permitido construir *shoppings* em áreas reservadas.

— Nóis só tamo batendo estaca.

— Pois retirem-nas... todas!

— Mas o dotô da firma pagou a gente pra botá.

— Então levem esse decreto e digam que se em vinte e quatro horas ele não retirar a cerca nós vamos tomar as medidas judiciais cabíveis. Entenderam?

— Sim sinhô — respondeu o mais esperto, enxugando as mãos no calção para pegar o decreto e sumindo em seguida com os outros dois, mata adentro.

—Fooogoooo!

Menos de vinte horas depois, o alerta ressoou pela Grande Curva. Não era a primeira nem seria a última vez que tal grito queimava os tímpanos do Pantanal. Os incêndios tornaram-se comuns desde que os fazendeiros do Sul decidiram ignorar a vocação da região para pastagens, ampliando as áreas de plantação. Adestrados pela prática, os bichos nem precisavam mais abrir o manual de sobrevivência: jogavam-se na água, corriam para as ilhas de mata, dirigiam-se às "cordilheiras", bosques compactos de jenipapos, novateiros, que acompanhavam rios e corixos.

Mais uma vez apenas o impetuoso Ali Gato e seu grupo avançaram na direção do perigo. Não teria sido coincidência que as chamas dançassem no cercado da Greenwood Enterprises.

— Vamos! — ordenou Ali Gato no meio da fumaça. — Vamos agarrar aqueles incendiários!

## 10

Casé circulava pelos corredores do Congresso Nacional mais desorientado do que tartaruga na campina. Aceitara a sugestão da Jacira para ir atrás dos políticos. Tinham sido eles que autorizaram o projeto da Greenwood; somente eles poderiam revogar a decisão. O jacaré não ligava a mínima para política, fosse dos reptis ou dos humanos, mas não via outra saída para tentar reverter o quadro da Grande Curva do Taquari. A precipitada informação à ARMOPA aumentara sua responsabilidade e Casé estava decidido a só deixar Brasília levando um documento assinado pelos políticos comprometendo-se a respeitar o Decreto 933 e a rever o projeto de ocupação da área reservada. Ou iria morar com seu primo Dilly, o aligator, na Flórida e nunca mais botaria as duas ou as quatro patas no Pantanal.

O único político que Casé de fato conhecia era Croc. Entre os humanos, seus contatos, superficiais, vinham dos tempos de circo, quando em época de eleições os candidatos apareciam nas cidades do interior cheios de lenga-lengas a prometer jaulas, argolas, trapézios, um implante de juba para o leão, uma dentadura nova para o elefante, um remédio para o crescimento dos anões, desde que, é claro, o mágico conseguisse multiplicar seus votos.

— Por que não entramos logo num gabinete desses?

— Calma, Casé — segurou-o Quelonius. — Tem muito político a favor da motosserra. Vamos ver... li uma vez que existem políticos de direita, de esquerda e de centro.

— Se somos do Centro-Oeste é óbvio que...

— Bem pensado. Vamos procurar um deputado do Mato Grosso do Sul. Eles são eleitos para defender os interesses da população do Estado, seja ela ovípara ou vivípara.

Casé bateu à porta do gabinete de uma liderança partidária.

— Tem algum deputado do Mato Grosso aí?

— Quatro. Mas dois foram ouvir as bases nos seus municípios, o terceiro viajou para um Congresso de Parlamentares Sulistas na Coreia do Sul e o quarto nunca apareceu por aqui. Tente aquele partido ali em frente.

O jacaré sentiu o "capacete" estremecer sobre seus miolos. Os dois tiveram o mesmo pensamento.

— Será que vamos repetir a romaria da Delegacia de Terras?

— É possível — respondeu o jabuti. — Já li que o Congresso é mantido com dinheiro do contribuinte.

Casé revelava-se ansioso para resolver tudo, se mandar de volta à terra, com o prestígio recuperado, e se jogar no colo do seu harém, a essa altura em franca debandada, que fêmea no cio não esperava por nenhum gostosão. Mais tarde cuidaria do cerco à Jacira.

O jacaré não gostava de lembrar do encontro à beira da lagoa, que começara mal e terminara pior. Desvirtuara-se, assexuara-se, virara reunião de trabalho, mas pelo menos ensinara-lhe a fórmula para envolver a jacaroa. Nada de poses, frases feitas, galanteios baratos. Isso era estilo para fêmeas do interior que acreditavam em tudo e apreciavam machos seguros e resolvidos. Jacaroa de metrópole era diferente, sobretudo Jacira, que assimilava o jeito dos mamíferos pensantes. Preferiam crocodilianos frágeis, emotivos, mal resolvidos, pouco machos. Antes de mais nada, dizia Casé, preciso aprender a chorar dentro d'água.

Para surpresa dos dois, o assessor introduziu Casé no gabinete do parlamentar.

— O deputado não deve demorar — disse. — Aceita um cafezinho?

Casé tomou o cafezinho com xícara e tudo e permaneceu segurando o pires. O focinho impedia-o de sorver a rubiácea com o comedimento dos humanos — era muita boca para pouca louça — e ademais, no dia em que soubera do despertador engolido pelo crocodilo do Capitão Gancho, afastara toda e qualquer restrição alimentar.

O deputado entrou exibindo a expressão preocupada de quem decidia os destinos do país. Antes de sentar-se, observou Casé, tirou uma nota do bolso e perguntou:

— Quinhentas pratas... tá bom?

— Não vim pedir dinheiro, excelência.

— Pensei. Estou vendo o senhor de pires na mão.

O jacaré largou o pratinho na mesa e o parlamentar perguntou de que cidade ele era.

— Ladário, uma cidadezinha próxima a Corumbá.

— Conheço bem — reagiu o deputado com ares de quem fundara Ladário. — Tenho muitos eleitores por lá. O senhor é de que família?

— Aligatorídeo.

— Já ouvi falar. É uma família tradicional na região.

— É uma família muito grande em todo Centro-Oeste.

— Qual é a atividade comercial a que a família se dedica?

— Cintos, bolsas, pastas, artigos de couro em geral...

— Vocês fazem?

— Não, excelência. Usam-nos para fazer.

— Sei, sei, a velha exploração do homem pelo homem — comentou o deputado se dizendo preocupado com a questão social. — Pagam bem, ao menos?

— Não recebemos um tostão.

O político fez um muxoxo de desaprovação e tratou de mudar de assunto, perguntando a Casé: "Em que posso servi-lo?" O jacaré desenrolou a história e ao concluir recebeu em resposta uma frase seca como sua pele.

— Então não posso servi-lo.

— Em nada? Nadinha?

O deputado desculpou-se explicando que corria atrás de um financiamento para uma usina de cana em sua fazenda na Bodoquena, e levantar-se contra a Greenwood, poderoso grupo empresarial, poderia desgastá-lo politicamente e inviabilizar as negociações. Ergueu-se, imponente:

— Mas fique certo, meu caro, de que estou ao seu lado nesta luta que é de todos nós que amamos o Pantanal.

Professor Quelonius concluiu que seria inútil bater nos gabinetes de parlamentares sul-mato-grossenses. Tinha lido em algum lugar que mais de 80% do solo cultivado do Estado estava concentrado nas mãos de 4% da população; "os 96% que não têm terra, com certeza também não têm representação no Congresso". Sugeriu ao jacaré que procurassem os membros da Comissão de Defesa do Meio Ambiente.

Casé resumiu a história para o senador que presidia a Comissão e ao terminar, vendo-o impassível, repetiu enfático:

— Excelência entendeu? No lugar das lojinhas de produtos típicos eles vão construir um *shopping* monumental.

— Você é que está dizendo.

— Há cartazes, folhetos, *outdoor*, estande de vendas...

— Pode ser apenas uma jogada promocional.

— Um estacionamento para mil veículos em pleno Pantanal?

— Eles já levantaram algum tijolo?

— Nenhum, mas...

— Então permanecemos no terreno das suposições. Não podemos fazer nada. Depois que iniciarem as obras, enviaremos nossos fiscais e se ela não corresponder às especificações do projeto...

— Depois do início das obras, excelência, pode ser tarde demais.

O senador deu o golpe final:

— Agora é cedo demais.

Se existe uma característica nos crocodilianos, além do sangue frio, da fenda anal longitudinal e dos glóbulos vermelhos ovais, nucleados e biconvexos, é a determinação. Casé estava disposto a subir a rampa do Planalto para levar sua denúncia ao Presidente da República, afinal o responsável por todos os brasileiros, fossem eles dípodes ou tetrápodes.

O professor havia muito já desistira — os quelônios são menos persistentes — e recolhera-se ao interior da carapaça para refletir sobre o futuro da reptilidade.

Casé deixou o senador e foi à sala da Comissão, entupida de gente. Tudo assessor parlamentar, porque de parlamentar mesmo, nem sombra. Um assistente do assessor dispôs-se a ouvi-lo. O jacaré tomou um café (desta vez incluiu o pires) e tornou a repetir seu relato. Ao final, o assistente do assessor limitou-se a balançar a cabeça:

— Aconselho-o a procurar outra comissão porque aqui ninguém vai acolher sua denúncia. Um dos membros é dono da firma que representa os interesses da Greenwood no Estado; o outro tem uma construtora que se associou ao projeto; o outro é casado com a irmã da mulher do filho de um dos diretores da empresa; o outro é membro da entidade preservacionista que recebeu a grana da Greenwood; e o outro, filho do senador com quem você esteve, sócio de um escritório de assessoria técnica a *shopping centers*.

O jacaré começou a desconfiar que fazia o maior sentido a agressividade de Ali Gato diante do mundo dos mamíferos pensantes. No seu lugar, o muçulmano já teria comido toda a Comissão de Defesa do Meio Ambiente.

Dia seguinte, Casé deu uma de maluco. Instalou-se na antessala do gabinete do Ministro da Agricultura e anunciou que só sairia dali depois de falar com o homem. Quem fosse macho que tentasse tirá-lo! Um tipo daquele — que ninguém sabia como passara na portaria — capa, "capacete", óculos escuros, dois metros de altura, feio como um jacaré; o Ministro não demorou nem sessenta minutos para atender.

— Apreciaria muito poder ajudá-lo — disse o homem após ouvir Casé com fingida paciência —, mas, se tomar qualquer atitude, amanhã acordo exonerado do cargo.

Casé continuou calado, aguardando que ele explicasse as razões da exoneração. O Ministro pegou um jornal de cima da mesa, desdobrou-o e apontou para uma manchete na primeira página, perguntando:

— É desta área que você está falando?

O título dizia: "Empregados da Greenwood sequestrados por tribo de jacarés fundamentalistas".

## 11

Era com indisfarçável prazer que Ali Gato colocava comida na jaula dos humanos capturados no incêndio. Decidido a retribuir na lei de Talião o tratamento recebido no zoo, a primeira providência do muçulmano foi despi-los; a segunda separá-los pela cor, o negro para um lado, os dois brancos para o outro, identificados por uma plaqueta com os dizeres:

"Mamíferos, da família dos hominídeos, adaptados à vida terrícola, surgiram há um milhão e meio de anos não se sabe onde e hoje encontram-se espalhados pelos cinco continentes". Abaixo um mapa mostrando as áreas de maior concentração das duas raças e à frente um aviso: "Não dê cigarro aos animais".

A iniciativa de Ali Gato ganhou a adesão imediata da bicharada. Os mais sectários apoiavam-no por considerarem a prisão uma punição justa para aqueles incendiários que agora deveriam ser engordados, como nos criatórios, levados para o abate e servidos à parmegiana com arroz de carreteiro. A ala mais intelectualizada (contra a pena de morte) esperava que o muçulmano submetesse os mamíferos pensantes a uma pesquisa científica, que respondesse à seguinte pergunta:

"Por que, desde que o mundo é mundo, os animais irracionais permanecem os mesmos, coerentes, fiéis ao seu projeto existencial, e os animais racionais pioraram nas suas qualidades intrínsecas?" Estão destruindo o planeta-casa; destruindo-se entre si e o mais grave: virando as costas ao passado, rejeitando seu parentesco até com familiares mais próximos, como o gorila e o chimpanzé, só porque eles não conhecem Darwin e não assistem à novela das oito.

A capacidade de formar conceitos, de ter uma linguagem articulada, de fazer sexo pelo sexo, não torna os humanos melhores do que ninguém.

O Pitecantropo, nosso homem no Pleistoceno, chamava o babuíno de primo e o orangotango de maninho. Tem razão o professor Quelonius quando diz que, da carteira de identidade dos humanos, além do nome, data e local do nascimento, deveria constar também a ordem: primatas.

A maioria dos bichos, no entanto, aderiu a Ali Gato por razões de conhecimento; nenhum deles jamais havia posto os olhos naquela espécie de mamífero bípede, tão parecida com o índio quanto o cágado com o jabuti. Os reptis, principalmente, atropelavam-se em intermináveis filas para ver de perto os primatas cujos ancestrais desbancaram seus avós, os dinossauros, do domínio da Terra. A reação era de absoluta estupefação. Esperavam encontrar animais gigantescos do porte de um mamute, um mastodonte, cinco, dez metros de altura, várias toneladas de peso, chifres, caninos expostos e no entanto o que viam? Uns insignificantes hominídeos, magros, baixotes, desdentados, sem penas, sem escamas, nem couraças, poucos pelos e que se punham aos berros a uma simples topada.

— É inacreditável que esse tipinho ridículo seja hoje o dono da Terra — comentou Paguá observando os caboclos. — Deve ter havido alguma mutreta. Só com muito pistolão eles chegariam ao topo.

As dúvidas dos reptis contemplando os mamíferos hominídeos não diferiam das dos mamíferos hominídeos ao observarem os reptis e outros animais atrás das grades: eles mordem? São mansinhos? Como fazem o ninho? Também vivem debaixo d'água? A carne deles é macia? Por que cruzam as pernas? Abdul, o parvo crocodiliano, lugar-tenente de Ali Gato, fascinado pela novidade, perguntava sem parar:

— Eles se reproduzem em cativeiro, chefe?

— Por Alá! Não tenho ideia — respondeu o xiita.

— Agora vamos saber — tornou Abdul dirigindo um olhar malicioso aos dois brancos.

— Saber como, Abdul? Aquilo são dois machos.

— Como o chefe reconhece?

— A fêmea não tem bigode nem aquele penduricalho entre as pernas.

— Ahn — Abdul demonstrou estar entendendo tudo. — E as fêmeas, chefe, botam mais ovos do que as nossas?

— Mamífero não bota ovo!

— São atrasados, hein, chefe? Vai dizer que também não entram no cio na primavera...

— Por Alá! Para de perguntas! A atividade sexual deles é contínua.

— É mesmo, chefe? Puxa, que inveja!

— Em compensação nós, quanto mais velhos, mais disposição temos para o sexo. Eles, à medida que envelhecem, nem conseguem mais movimentar aquela haste.

»

A mata crepitava nos seus últimos espasmos quando Jacira emergiu do Taquari, junto ao tronco de piúna seca que marcava as "futuras instalações da ARMOPA". A jacaroa, desde que fora levada para a cidade grande nunca mais retornara ao Pantanal e agora percebia uma diferença da água para o vinhoto. Na viagem, percebera as plantações se expandindo por onde antes havia pastagens naturais; as crateras dos garimpos, despejando lama e areia dentro dos rios; a ausência de vegetação ribeirinha nas cabeceiras; ninhais vazios; diminuição da quantidade de peixes (não viu uma única loca de jaú); águas turvas com gosto de agrotóxico; uma paisagem desoladora que lhe imprimia a sensação de estar desembarcando em outras terras.

Jacira porém não viajara atrás das referências de sua infância. Precisava achar Croc para confirmar as notícias veiculadas nos jornais da cidade grande. Encontrou-o algumas dezenas de metros adiante devorando uma piranhazinha, o prato preferido dos crocodilianos. O presidente da ARMOPA apressou-se em dizer que não tinha nada a ver com o rapto dos caboclos; que fora voto vencido na reunião para deliberar se eles deveriam ser soltos; que o clima de indignação instalado depois do incêndio não permitia ponderações sensatas e que se ele, Croc, insistisse na libertação, ia se arriscar a ser enjaulado com os humanos.

— Foi obra de Ali Gato? — perguntou ela, já segura da resposta.

— De quem mais poderia ser, minha filha?

Ali Gato lia *Psicopatologia da vida cotidiana* de Freud, à beira de um aguapé, decidido a aprofundar seus conhecimentos no manejo dos mamíferos pensantes. Acabara de receber a visita da capivara que fora lhe emprestar o irrestrito apoio dos mamíferos da região:

— Apesar de sermos da mesma classe e subclasse desses humanos — tinha dito ela —, de termos pelos, glândulas mamárias, sistema nervoso diferenciado, queremos deixar claro que estamos fechados com vocês, peles-secas. Nossa assembleia decidiu pelo voto de repúdio a esses mamíferos traidores que desmoralizam a categoria e não honram as tetas em que mamam!

Jacira tocou suave no dorso cornificado do muçulmano.

— Por Alá! Maomé! Os anjos Gabriel, Miguel, Azrael, Izrafel... você aqui?

A jacaroa conteve-se, esforçando-se para parecer natural. Sabia que precisava pegar leve. O xiita tinha o que os humanos chamam de pavio curto, ainda que cauda longa.

— Vim falar com você.

Não era mentira. Só que Ali Gato entendeu por outro lado. Fechou o livro e fixou-a: seus olhos ganharam a expressão do último encontro na cidade grande.

— Fala. Tenho os ouvidos do tamanho de minha boca para escutá-la.

— Você tem ideia da repercussão do seu gesto, Ali?

O muçulmano compreendeu o motivo da visita da jacaroa e, decepcionado, escorregou para dentro d'água. Não queria falar a respeito.

— Preferia continuar sonhando com você no zoo — disse, voltando à tona.

Jacira já chegara com o desabafo engatilhado e mal ouviu a declaração.

— Ali, a cidade grande está em pé de guerra com o que você fez. Você tornou a situação insuportável para todos os crocodilianos. Os humanos param diante de nós no zoo e xingam e atiram pedras e acendem lanternas. A imprensa está criando um clima de histeria e revanchismo...

"Os humanos comem peixe todos os dias e ninguém diz nada; na hora em que o peixe come o homem, fazem um escarcéu dos infernos."

Ali Gato

— É assim mesmo — Ali procurou minimizar as apreensões de Jacira. — Os humanos comem peixe todos os dias e ninguém diz nada; na hora em que o peixe come o homem, fazem um escarcéu dos diabos.

— Os colchões de ar em forma de jacaré foram retirados das piscinas; os desenhos animados com jacaré foram cortados das programações das tevês; os jornais fazem reportagens; as rádios, mesas-redondas, acusando os crocodilianos de selvagens, bárbaros, antiéticos... tudo. Já disseram até que jacaré dá câncer. Você tem que devolver esses caboclos!

— De jeito nenhum! Eles incendiaram a nossa casa! Têm que pagar por isso! — Ali mergulhou novamente. — E agradeçam a Alá por continuarem vivos!

— Só que os humanos entendem de outra maneira: a queimada vai permitir a construção do *shopping* e favorecer o desenvolvimento econômico da região. Ali, solta esses caras ou os homens virão aqui libertá-los.

O muçulmano permanecia inflexível:

— Se forem poucos eu os prendo; se forem muitos eu os enfrento e sob a inspiração de Maomé os derrotarei.

Jacira não sabia mais o que dizer, à beira do desespero e do aguapé:

— Derrotá-los como, Ali? Com um simples facho de luz eles nos imobilizam.

— Adotaremos as táticas de guerrilha. Eles não conhecem as matas como nós.

— E ainda assim nos trucidam às centenas todos os anos.

A conversa rolava ladeira abaixo. Era visível a angústia de Jacira e a inquietação de Ali Gato, subindo e descendo dentro da água. Às vezes dava um bote, às vezes uma rabanada, exibindo suas qualidades marciais. Diz o folclore pantaneiro que na água nem a onça-pintada vence o jacaré.

— Já dominamos o mundo, Jacira! Já dominamos a Terra e podemos voltar a fazê-lo. Não quero mais discutir!

A jacaroa desequilibrou-se e caiu no aguapé:

— Ali, você não conhece os humanos. Eles são cruéis, violentos e muito determinados quando seus interesses estão em jogo. Liberte esses homens... por Alá!

— Nem pensar!

— Então transforme o rapto em sequestro. Mandamos uma carta para a Greenwood com nossas exigências. Dizemos que nos comprometemos a devolver seus empregados se eles reflorestarem a área destruída.

A sugestão da jacaroa levou o muçulmano a pensar:

— E sobre a construção do *shopping*?

— Casé está tratando disso.

Ao ouvir o nome do rival, Ali Gato espanou água para todo lado, deu três botes seguidos e uma pirueta no ar:

— Casé, Casé — repetiu irritado. — Lá vem você falar desse cara. É um covarde! Nunca está presente na hora da verdade!

Jacira percebeu, tardiamente, a inconveniência do comentário:

— Deixe-me fazer a carta, Ali. Me parece uma troca justa. Depois retomamos a luta contra o *shopping* e, se eles insistirem na construção, você aprisiona todos os empregados e faz o que quiser. Deixe-me escrever a carta, agora. Precisamos ser rápidos!

O muçulmano deslizou tal um submarino:

— Tudo bem, mas quero Casé fora disso.

— Nem sei onde ele está.

Casé viajara de volta ao Rio para encontrar-se com o presidente da Greenwood Enterprises. Custara um pouco a sair de Brasília, é certo. Quelonius tinha cismado de entrar num *shopping*. Por algumas informações de leitura, sabia que eles faziam promoções, vendiam comestíveis e que o grande homem de vendas dos mamíferos pensantes, Papai Noel, sempre o visitava antes do Natal. Para poder criticar a obra da Greenwood, argumentara o professor, precisava conhecê-los de perto, por dentro.

Encantou-se de cara com as luzes, as cores, as vitrines e acima de tudo com a escada rolante. Imaginem os preguiçosos quelônios tendo uma engenhoca a levá-los de um lado para outro sem que necessitassem gastar as patas! Quelonius precisou apelar às suas mais fortes convicções ideológicas para não sucumbir ao desejo de ter algo semelhante à porta de casa. Sobre a cabeça do jacaré, o jabuti distraía-se deslumbrado quando ouviu o companheiro dar um grito:

— Olha aqui minha irmã!

— Onde?

— Aqui! É ela! Tenho certeza!

— Onde? Onde? — perguntava o professor.

— Na vitrine. Estou reconhecendo aquela minúscula cicatriz em forma de estrela. Só pode ser ela!

— Não estou vendo. Está dentro da bolsa?

— Ela é a bolsa!

Casé entrou na loja e pediu para ver a bolsa. Pegou-a, acariciou--a, apertou-a contra o peito e começou a chorar. O vendedor assistia à cena, perplexo. Jamais vira um cliente avaliar uma mercadoria com tamanha emoção. Procurou ajudar:

— Não chore, amigo. Nós podemos fazer um desconto.

— Não é o preço que me faz chorar — fungou o jacaré.

— Não? O que é então?

— Você não compreenderia. — Abraçado à bolsa, Casé regrediu no tempo. — Sempre gostei muito dela, muito...

— O senhor já a tinha visto em outra loja?

— Adoro você... — gemeu baixinho o jacaré comprimindo-a contra a cara.

— Podemos deixá-la reservada para o senhor.

— Era minha irmã preferida.

O vendedor entendeu: "é para minha irmã preferida" e perguntou:

— Está casando? Aniversariando?

— Um dia ela sumiu e nunca mais deu notícias.

— Já sei! — Iluminou-se o vendedor. — Vocês estão se reencontrando agora! Que maravilha! O senhor não poderia ter escolhido melhor presente para a ocasião. Ela é italiana.

— Não. É de Ladário!

— Tenho certeza de que é italiana, senhor. — O homem pegou a bolsa e mostrou a etiqueta *made in Italy*.

— Quer dizer que ela foi para a Europa e nem nos mandou um postal?

Quelonius explicou-lhe no ouvido, com cuidado para não magoá-lo, que apenas o couro dela tinha seguido para a Itália. Casé começou a soluçar e o vendedor, incomodado com aquele pranto interminável, pediu um esclarecimento:

— O senhor, afinal, está falando da bolsa ou da sua irmã?

O jacaré deitou a bolsa sobre o balcão e, ao sair, secando as lágrimas, murmurou:

— Que diferença faz?

»

Lá estava Casé na antessala olhando novamente para a fotomontagem do *shopping* Greenwood no Pantanal. Se alguma coisa mudara desde sua visita anterior fora em Quelonius, agora curioso por saber onde ficaria a escada rolante. O jacaré pensava no que dizer ao astuto presidente da empresa. Não viera para discutir, ou falar do decreto, do projeto ou do *shopping*. Velho conhecedor da agressividade humana, sentia que deveria se limitar a botar panos quentes no rapto dos empregados, mesmo sem sabê-lo em detalhes, e impedir que os homens fizessem da Grande Curva do Taquari um cemitério de animais.

Dois guardas acompanharam Casé à sala da presidência. A empresa reforçara a segurança depois do acontecimento no Pantanal. O empresário justificou-se pela recepção e falou:

— Espero que o senhor não esteja por trás desse rapto.

— Minha surpresa foi tão grande quanto a sua. Estava em Brasília.

— Traz alguma notícia?

— Trago minha decepção pelo incêndio.

O presidente levantou-se para se tornar mais veemente:

— O senhor fala como se nunca antes tivessem botado fogo no Pantanal. Este foi um incêndio com finalidades produtivas. Só queimamos a área demarcada.

— Não sei. Ainda não estive lá.

— Pois eu lhe digo. Não incendiamos uma gramínea fora do nosso terreno. Um trabalho perfeito que orgulha o operariado brasileiro. Vocês não tinham o direito de raptar nossos empregados. — Mudou o tom: — Sabe o que vai acontecer agora? Vamos ter que tomar providências e isso poderá provocar um grande estrago.

— Foi por isso que vim procurá-lo. Para pedir uma trégua. Deixe-me chegar ao Pantanal e avaliar o quadro. Prometo-lhe uma solução.

— Que seja breve! Tá todo mundo querendo iniciar uma invasão. Não sei se vou conseguir segurar por muito tempo.

— Fique tranquilo. Vou libertá-los. Palavra de reptil, arcossauro, crocodiliano.

Casé saiu e a secretária entrou, levando a correspondência do chefe. No meio dela, a carta do sequestro.

Casé retornou ao Pantanal sem ser notado. Uma volta bem diferente da que lhe preparavam e que ele gostaria muito de encontrar à sua espera. O incêndio lambera sua festa e seu prestígio e chamuscara seu esforço para obstruir a construção do *shopping*.

Assim que chegou, aliviou a cabeça, deixando Quelonius em casa, e partiu para inteirar-se da situação.

Croc não adiantou muita coisa, nunca o fazia. Repetiu-lhe o que já dissera a Jacira, eximindo-se de qualquer responsabilidade. Foi a jacaroa quem lhe contou da embaraçosa conversa com Ali Gato e de sua sugestão para transformar o rapto em sequestro. Expôs a Casé os termos da carta.

— Eles não vão topar — disse Casé.

— Croc pensou em pedir dinheiro...

— Para que nós queremos dinheiro? Croc é o único reptil na face da Terra que se interessa por dinheiro. Quer comprar seu olho de vidro...

Jacira mostrava-se nervosa, roía as garras:

— Já foi uma dificuldade fazer Ali Gato concordar com a troca dos empregados pelo reflorestamento. Precisávamos ganhar algum tempo para pensar no que fazer.

— Só há uma coisa a fazer: libertar os reféns. — Casé pôs-se em movimento. — Vou falar com Ali.

Jacira bloqueou sua passagem:

— Não vá, Casé. Por favor! Prometi a Ali Gato que você ficaria fora disso.

— E eu prometi à Greenwood que soltaria os caras.

— Vamos aguardar, Casé — a jacaroa implorava. — Vamos ver o que eles dizem... De repente, quem sabe?

— E se eles não toparem?

Jacira ainda não havia pensado nisso. Engasgou-se:

— Bem, eu... aí... nem quero pensar. Aí você terá que libertá-los e não será fácil porque Ali Gato passa os dias na frente das celas. Está ficando louco fazendo experiências com os humanos.

Casé baixou a cabeça como que à procura de uma saída. Não havia muito o que decidir enquanto a Greenwood Enterprises não fizesse sua contraproposta, não respondesse à carta. A iniciativa estava com os mamíferos pensantes.

— Por que não vamos nadar enquanto esperamos?

— Não dá, Casé. Estou muito aflita, insegura. Agora não tenho cabeça.

Paguá só tinha cabeça para Casé. A jacaroa-coroa ou “jacoroa”, como dizia ele, estava sempre pronta para ajuntar-se ao seu antigo sultão.

— Tá sumido, meu jacarezito querido — disse ela insinuante. — Tô sabendo que anda viajando por aí em altas transações.

A idade não deixava Paguá em desvantagem diante de Jacira. A jovem jacaroa transpirava uma beleza etérea, delicada, de uma suavidade semelhante às nobres crocodilianas egípcias mumificadas ao lado dos faraós, no Antigo Egito, onde eram consideradas animais sagrados. É verdade que as neuras adquiridas na cidade grande prejudicavam seus belos traços, que afinal Jacira não se interessava por valorizar. Preferia ser admirada por sua beleza interior.

Paguá, apesar de ter perdido um sem-número de filhos, assassinados por coureiros, e da opção preferencial de um deles pelo ócio do zoo, exibia uma exuberante alegria de viver. Fazia questão de desfilar sua beleza sensual, sacana, provocadora. Era fêmea até debaixo d'água, ou, no caso dos crocodilianos, até em cima do telhado. Casé só a dispensara porque ela desorganizava todo seu harém: no dia em que Paguá entrava no cio, não sobrava jacaré para mais ninguém.

— Seu harém debandou, meu querido. As meninas entraram no estro, você não estava aí para comparecer, elas foram à luta.

Casé já tinha previsto a dispersão. Abriu os braços como que dizendo: "que posso fazer?".

— Mas não esquenta, que sua Paguá está aqui para cuidar de você — encostou seu dorso no dele. — Tá muito tenso, precisa relaxar um pouco. Vamos dar uma volta no corixo dos Perdidos?

Casé era um crocodiliano reconhecidamente libidinoso, sempre a postos para esquentar uma cloaca feminina. No fundo, preferiria continuar cortejando Jacira, mas seu jejum já ia longe, seu harém tinha se mandado e ele não se achou em condições de trocar o certo pelo duvidoso. Não esperou Paguá repetir o convite.

O corixo dos Perdidos, canal discreto e camuflado por arbustos, é considerado o melhor motel da Grande Curva. Ali a fauna aquática mantém seus encontros furtivos, ali Casé entregou-se às carícias de Paguá.

Os dois se esqueceram do mundo por três dias e teriam se "olvidado mucho más" se Croc e sua inconveniência não tivessem aparecido acenando com a carta que chegara da sede da Greenwood.

Casé resvalou para a terra:

— Jacira sabe que estou aqui?

— O quê? — Lá estava Croc se fazendo de surdo. — Como?

Casé repetiu, Croc alegou que só tinha ido levar a carta, o jacaré agarrou-o firme pelo papo e o presidente da ARMOPA se abriu:

— Ela estava comigo, mas... quando viu você com a Paguá... saiu correndo.

A carta dizia:

"Prezados crocodilianos da ARMOPA,

*Ao acusarmos o recebimento da correspondência de V. Sas., temos a declarar que a diretoria da Greenwood Enterprises reuniu-se e considerou sua proposta fora da realidade. No entanto, com o intuito de colaborar com a paz no Pantanal, a empresa contrapropõe a troca de seus três empregados por três exemplares de crocodilianos. Outrossim, informamos que, caso nossa contraproposta não seja aceita, consideraremos as negociações encerradas, desejando que V.Sas. façam bom proveito de nossos briosos funcionários. Com protestos de estima e consideração, ass.: K. Y. W., presidente".*

— E agora? — perguntou Casé indo ao encontro de Jacira, mais preocupado em explicar o inexplicável: o que fazia com Paguá no corixo.

— Vamos a Ali Gato! — respondeu Jacira, mais interessada em ouvir as explicações inexplicáveis do jacaré.

O muçulmano vivia obcecado pelos reféns. Nos intervalos das rezas, quando não estava folheando algum trabalho de etologia, filogenia, citogenética, permanecia horas com o olhar parado dos crocodilianos, analisando hábitos e comportamentos dos humanos. Realmente eram bichos muito originais. A variedade de sons que emitiam, por exemplo, impressionava Ali Gato. Eles cantavam, arrotavam, soluçavam, assobiavam e ainda produziam estranhos ruídos por outro orifício. O assobio, particularmente, deixava Ali fascinado. Bem que se empenhara em aprender, na moita, mas não havia jeito de fazer sua bocarra reduzir-se à semelhança do fiofó da galinha.

Ali Gato submetia os humanos a um teste que aprendera nos livros de psicologia inventado por um russo, Pavlov. Ele colocava um mamão, uma jaca, na entrada da jaula dos brancos, tocava um sino e verificava que os dois corriam, apanhavam a fruta e a repartiam educadamente. Ao colocar, porém, uma cédula de dez dólares, o muçulmano percebia que eles corriam antes de soar o sino e o que pegava a nota primeiro resistia em repartir com o outro. Os dois discutiam, vociferavam, às vezes se atracavam e somente após muita altercação perguntavam a Ali Gato:

— Dá para trocar em duas de cinco?

"Interessante!", comentava o muçulmano com suas placas córneas, na falta de botões, que se contraíram diante da aproximação de Casé e Jacira juntos.

— Eles recusaram a troca — disse a jacaroa entregando a carta.

Ali Gato exultou:

— Eu sabia! Alá me ouviu! Rezei para isso o tempo todo!

— Você vai ter que devolvê-los, Ali — ponderou Casé.

O muçulmano virou bicho (ou humano?):

— Nunca! Jamais! Ninguém vai tirá-los de mim!

— Então prepare-se porque eles vão invadir isso aqui.

O xiita fechou as garras e socou o ar num gesto de desafio:

— Que venham!

Foi o maior massacre na história do Pantanal. Policiais, fuzileiros, batalhões das selvas, apoiados por caçadores e coureiros com seus jipes, aviões, fuzis a *laser*, realizaram uma operação militar com a precisão cirúrgica dos americanos, e, para libertar os três empregados da Greenwood, tingiram de sangue todos os rios da região. Os jacarés contabilizaram as maiores baixas: 85 mortos, 212 feridos ou mutilados e 56 desaparecidos. Um verdadeiro crocodilicídio.

## 12

A bicharada ainda contava os mortos, recolhia os feridos (Paguá, entre eles), procurava pelos desaparecidos, e a sempre apressadinha lagartixa Anita, na presidência interina da ARMOPA, já denunciava a chacina dos bichos no episódio que ficou conhecido como a "Matança do Carajuru", porque a tinta extraída das folhas do carajuru, uma trepadeira, tem a cor do sangue derramado nas águas do Pantanal.

Anita espalhou ofícios para todos os cantos: da Anistia Internacional à Fundação World Wildlife; do Greenpeace ao Instituto Max Planck, à Fifa, Unesco, Comitê Olímpico Internacional. Ao Instituto Brasileiro de Proteção à Fauna enviou apenas um lacônico e irônico telegrama agradecendo tudo o que a instituição não fizera para evitar o morticínio e solicitando a inscrição dos jacarés na longa lista dos animais em extinção.

»

— Os crocodilianos não podem desaparecer! Eles estão entre os mais antigos moradores desta Terra. Habitam-na há mais de duzentos milhões de anos, desde a época em que todos acreditavam serem os reptis o último e mais avançado estágio da sucessão animal. Já não temos os tecodontes, nem os saurísquios, muito menos os pterossauros. Que será de nós se os crocodilianos também sucumbirem? Estaremos todos condenados à morte porque a extinção dos crocodilianos comprometerá irremediavelmente toda a linhagem e o desenvolvimento dos reptílios!

Com essas palavras, Lig Leg, o aligator chinês, abriu a reunião de emergência do Conselho de Segurança da OMUCRO (Organização Mundial dos Crocodilianos) que se realizava no Parque Nacional de Everglades, sul da Flórida, Estados Unidos.

Em volta da poça, além de Lig Leg, os outros representantes das cinco maiores potências crocodilianas do planeta: Punjac, o gavial hindu; Abdel Salam Codil, o crocodilo do Nilo; Wall Gate, o aligator americano; e o nosso Croc, popularmente chamado pelo nome de origem tupi-guarani, ya-kará, mas no exterior conhecido por caimã.

O gavial do Ganges, que se distinguia dos seus pares pelo focinho fino e alongado, pediu a palavra:

— No momento de iniciarmos os trabalhos precisamos saber se o colega brasileiro trouxe alguma proposta concreta.

— Ahn? — Croc fazia-se de surdo, ganhando tempo para pensar.

— Se o latino quiser podemos iniciar uma guerra de libertação do Pantanal — aparteou Wall Gate. — Temos um exército de aligatores mercenários muito bem treinados aqui na Flórida.

Uma proposta que chegava com vinte anos de atraso. Também Croc não se inclinava para a violência, muito menos depois da recente demonstração de força dos humanos. Coçou o tapa-olho e ponderou:

— Temos que fazer um exame de situação e procurar uma solução pacífica para conter essa nova ameaça de extinção que ronda o nosso couro.

Essas conferências de cúpula produzem muitas fotos, matérias, almoços, encontros paralelos, alguns acordos bilaterais, mas jamais alcançam os objetivos para as quais são convocadas. Não seria diferente com a OMUCRO, uma organização que já não possuía o mesmo peso e influência dos tempos em que os reptis dominavam o mundo e a Liga dos Dinossauros (correspondente à Liga das Nações, no Jurássico) ditava as regras de convivência. O grupo das cinco potências crocodilianas (G-5) mantinha agora uma importância apenas simbólica, subordinada que estava às sete potências dos mamíferos pensantes (G-7), o grupo que dava as cartas e mexia com a vida de todos os habitantes do planeta, fossem eles homeotérmicos ou pecilotérmicos.

De qualquer modo o encontro prosseguia e o exame de situação sugerido por Croc levantou algumas propostas para discussão:

a) os jacarés abandonariam a região pantaneira, transferindo-se para as praias do litoral;

b) seria assinado um acordo entre as partes que resultaria na demarcação das terras crocodilianas;

c) criação de um grupo de trabalho de alto nível, entre reptis e mamíferos pensantes, para estabelecer normas de convivência no Pantanal.

Como nenhuma das sugestões conseguiu se impor, Lig Leg propôs ao final do encontro que o Pantanal fosse considerado zona desmilitarizada, que todos seus habitantes fossem desarmados e que se constituísse uma força da ONU e da OMUCRO para manter a paz na região.

— Peço incluir — disse Croc — onde se lê: "todos os habitantes sejam desarmados", depois de habitantes vírgula "humanos ou não".

Wall Gate, o aligator americano que passara a reunião menosprezando Croc, chamando-o inclusive de "cucaracho", alegou que seu adendo não procedia porque "só os humanos andam armados".

— Mas é bom sermos explícitos — argumentou o representante brasileiro. — Esses mamíferos são cheios de artifícios...

A "Matança do Carajuru" chocou a comunidade internacional, que a qualificou de um ritual de barbárie. Constrangido, o governo brasileiro informou que só autorizara a Operação Grande Curva porque o plano de ação que lhe fora apresentado garantia a preservação da fauna: mortes, no máximo, meia dúzia de moluscos e insetos. Ao receber o documento da OMUCRO, o governo respondeu à altura: "É inaceitável a interferência de qualquer organização animal, mineral ou vegetal em nossos assuntos internos". Para diminuir a pressão, no entanto, anunciou a "instalação de uma comissão de inquérito para averiguar os fatos e punir os culpados".

— Não vai dar em nada — resmungou Ali Gato do seu retiro espiritual. — No final do inquérito esses mamíferos vão concluir que tudo não passou de um suicídio coletivo.

Qualquer outro no lugar de Ali Gato estaria se sentindo trespassado por um imenso sentimento de culpa. O xiita, porém, encarou a invasão dos humanos como um marechal de campo: "fomos derrotados pelo fator surpresa". Disse ele que ao bradar "que venham!" não imaginava os inimigos indo tão depressa. Pelos seus cálculos, tivesse tido tempo de organizar as defesas, abrir trincheiras, formar frentes de combates, iniciar uma guerra de desgaste, "e as baixas estariam do outro lado". A bicharada, no entanto, demonstrava dificuldades para acompanhar seu raciocínio e concordar com sua visão de estrategista. Assim, o muçulmano preferira se afastar do centro das discussões e se recolher às orações. Alá, pelo visto, não parecia muito satisfeito com seu fâmulo!

A gangorra da reputação descia com Ali Gato e subia com Casé, Croc, Jacira e uns poucos que defenderam a ideia de devolver os reféns sem exigências. Casé escapara ao massacre graças às suas habilidades circenses, que lhe permitiram escalar um ingazeiro e se juntar a um bando de micos cara-preta. Encerrada a *blitzkrieg*, entregara-se, incansável, à tarefa de levar os feridos para uma enfermaria improvisada à margem do Taquari. Reconfortava Paguá, que perdera um pedaço do rabo na explosão de uma granada. A jacaroa, no entanto, estava inconsolável.

— Não quero mais! Não quero mais viver! — dava um chilique. — Quero morrer! Sem meu rabo a vida não faz mais sentido!

Casé lembrou-a de que os crocodilianos eram bichos duros de roer. Não fossem assim, teria sido impossível ultrapassarem tantos ciclos de extinção ao longo de 200 milhões de anos. Não adoeciam, suportavam as piores privações, superavam impassíveis o processo de cicatrização e podiam viver tranquilos sem qualquer parte do corpo, que se regenerava com o tempo.

— Calma, Paguá. Foram só trinta centímetros. O rabo vai crescer novamente.

— E quem me assegura que vai crescer com o mesmo formato? Meu rabo sempre foi dos mais bonitos do Pantanal. Já saiu até em revista. Não posso viver sem ele! Acho que vou à cidade grande fazer uma plástica. Aproveito e tiro um pouco desse papo.

— Que isso? Você continua ótima. Pode me procurar no seu próximo cio.

Paguá contorceu-se, dengosa:

— Oh meu jacarezito querido! — Abraçou-o, no momento em que apareceu Jacira.

A jacaroa quase não conseguiu falar, golpeada pelo novo flagrante.

— Vim... me despedir. Estou voltando para a cidade...

— Me faz um favor, boneca. — Paguá entrou no susto que emudeceu Casé. — Se encontrar um rabo postiço no zoo, você me manda? Meu número é quarenta e quatro.

Casé disse o que lhe veio à cabeça:

— Você não pode nos deixar, Jacira.

— É preciso. — A jacaroa permanecia como que congelada. — Tenho que controlar aqueles jacarés ociosos que, para não perderem a boa vida, ficam dando declarações favoráveis à invasão dos humanos.

E afastou-se. Os crocodilianos no solo têm três marchas: a lenta, abdome levantado sobre o chão; a reptante, tipo freio-motor, usada na descida de barrancos; e a galopante, onde os membros anteriores e posteriores funcionam simultaneamente. Por todo esse tempo, os crocodilianos não aprenderam a engatar marcha a ré. Casé foi atrás dela, galopando.

— Jacira!... Jacira! Precisamos conversar. Está havendo um mal-entendido!

— Casé! — berrou Paguá. — Meu jacarezito querido! Quer vir ajudar sua jacaroa-cotó?

O grito de Paguá se interpôs entre os dois.

— Ela... ela é... somos apenas bons amigos.

— Eu vi no corixo — reagiu Jacira, sarcástica. — Você vive rodeado de boas amigas, Casé.

Não dava para negar. O jacaré preferiu ser sincero:

— Não posso me comportar como um humano, Jacira. Nós não somos monógamos, você sabe...

— É uma pena. Se existe algo que admiro nos humanos é essa relação a dois. Espero que algum dia, nós, crocodilianos, também consigamos.

— Vai ser um retrocesso!

— Pois eu considero essa poligamia uma promiscuidade. Prefiro continuar sozinha — e saiu decidida.

Casé deixou-a partir para não ter que lhe dizer o último pensamento que veio à sua cabeça: "Isso é frescura de jacaroa de cidade grande".

Fosse o que fosse, Jacira não entendia que diabo de lei era aquela que dava aos machos o direito de disporem de vinte, trinta fêmeas, trocando-as todos os dias como os humanos mudam de camisa. "Não sou uma jacaroa-objeto", reagia ela indignada.

Jacira só admitia o sexo com amor. Como não encontrava um jacaré capaz de amar, permanecia estacionada na virgindade, situação que fazia da sua vida um tormento: todas as vezes em que entrava no cio tinha que se esconder para não se entregar ao primeiro crocodiliano que cruzasse à sua frente. O período estrual deixava-a possuída por um desejo incontrolável, que independia de afetos. Morria de medo de ser surpreendida pelo cio num momento em que não tivesse para onde correr.

Jacira foi a Ali Gato.

— Alá seja louvado! Por onde andou, Jacira? Procurei por você durante a invasão.

— Sei me defender. — A jacaroa ainda não espanara a poeira do encontro com Casé. — Ali, diga-me uma coisa: que você pensa do fato dos crocodilianos possuírem mais de vinte fêmeas?

— Acho um absurdo! — Jacira animou-se. — Nós, muçulmanos, só temos quatro. É o máximo que o Corão nos permite.

A jacaroa baixou a crista, disfarçou e perguntou se ele estava bem.

— Muito. Alá está comigo. Estou em paz e tenho me dedicado intensamente ao estudo dos humanos. — Mostrou o livro que lia, *Evolução, síntese moderna*, de um biólogo inglês.

— Ainda não perdeu essa mania? — reagiu Jacira.

— Estou pensando em desenvolver um projeto...

— Sabia que a Greenwood já iniciou as obras? O terreno do *shopping* está que é só trator, escavadeira, operários...

— É mesmo?

Os olhos do muçulmano brilharam de satisfação.

# 13

Ali Gato reuniu seus xiitas e, sendo o imã do grupo, orientou as preces. Depois anunciou a próxima empreitada:

— Precisamos raptar um funcionário da Greenwood.

Os muçulmanos se alvoroçaram numa resmungação geral:

— Ah não, chefe! De novo?

— Eu tô fora!

— Eu também. Não vamos escapar de uma nova invasão.

— Nossos mortos nem esfriaram, chefe.

— Por Alá e Maomé, seu profeta, vocês acham que sou idiota? Acham que Alá me permitirá incorrer no mesmo erro? Desta vez faremos tudo certo. Para começar ninguém saberá deste rapto. Absolutamente ninguém!

— Nem o raptado? — perguntou Abdul.

— Impossível, chefe. É impossível guardar segredo no Pantanal. Isso aqui é pior que repartição pública.

— Vamos fazer a operação à noite. Sei de um local para guardar o humano, mas antes precisaremos cavar uma galeria subterrânea onde instalaremos a jaula e a sala de pesquisas.

— Não seria melhor procurarmos um espaço submarino, chefe? — voltou Abdul. — Evitaríamos de cavar.

— E você acha que esses mamíferos atrasados, primitivos, dispõem de uma válvula na garganta, como nós, que se fecha quando mergulhamos? Eles não aguentam três minutos debaixo d'água!

— E dizer que esses caras dominam o mundo, hein? É inconcebível, chefe.

Ali Gato levou o grupo à área escolhida — um capão para os lados do corixo dos Perdidos — para que começassem a escavar o buraco. Pediram ajuda às fêmeas; nisso elas eram insuperáveis, pelas covas que abriam na construção dos ninhos. Terminado o trabalho, eles recolocariam a jaula — desmontada durante a invasão — e depois de tudo pronto o muçulmano armaria a ratoeira para raptar o empregado da Greenwood. Não poderia ser ninguém que se parecesse com os caboclos incendiários. O projeto secreto de Ali Gato exigia um humano com algumas características específicas.

Croc chegou de regresso e como todo marinheiro de primeira viagem trouxe um monte de bugigangas inúteis: seixos, conchas, ossinhos de animais pré-históricos, um par de pauzinhos, presente do aligator chinês, e vários dentes de recordação dos companheiros crocodilo do Nilo e gavial da Índia.

O presidente da ARMOPA retornou impressionado com a legislação que defendia a vida animal nos Estados Unidos:

— Lá, um humano que mate um dos nossos arrisca-se a ir à Corte Marcial. Se matar três, pode pegar cadeira elétrica — exagerava Croc para uma plateia atenta que sorvia suas palavras com o mesmo ar basbaque dos humanos ouvindo Colombo ao voltar da América.

Croc contou do invejável padrão de vida dos animais em extinção. O condor da Califórnia morava numa mansão em Beverly Hills. A galinha de Attwater, uma espécie rara, encontrada nas regiões remotas do Texas, só andava a cavalo. Os aligatores que moravam em Everglades eram chamados de *mister* pelos funcionários do parque. Valia a pena estar em extinção nos Estados Unidos. Não era como ali, onde os pobres coitados viviam pulando de galho em galho, perseguidos como fugitivos da lei.

Os neoviajantes, sejam reptis ou mamíferos, sofrem de uma incontrolável tendência para comparações. Com Croc, apenas um jacaré mediano, não seria diferente:

— Quando eles dizem que em tal lugar há um parque nacional, pode conferir que ele está lá. Um espaço livre e democrático onde todas as espécies se confraternizam, hominídeos, reptis, anfíbios, invertebrados, como nos velhos tempos terciários do Mioceno.

Era fácil perceber no único olho de Croc seu entusiasmo com o respeito dos americanos pela sua bicharada. “Alguns animais de estimação dispõem até de carro com motorista.” O jacaré, no entanto, não trouxera a mesma impressão do delegado americano na conferência. Wall Gate tinha se revelado agressivo, insensível e pouco informado quanto à situação mundial dos crocodilianos. Um aligator preocupado com o próprio umbigo (se é que ele o tem), a exibir o focinho empinado das classes superiores só porque aprendera a mascar chicletes.

— E quanto aos outros? — quiseram saber todos.

— Bem, Lig Leg demonstrava preocupação. Disse-me que na China os aligatores estão próximos ao fim. Há humanos demais e o vale do baixo Yang-Tsé ficou pequeno para as duas espécies. O crocodilo do Nilo, um muçulmano sunita, contou-me que temos as mesmas origens, dos tempos em que África e América eram terras contínuas. Mas quem me chamou a atenção foi o gavial hindu, um tipo estranhíssimo de focinho delgado que, acreditem, só come peixe. Cruzasse com ele nas matas, juro que não o reconheceria como um crocodiliano.

Croc deu por encerrada a coletiva depois de informar sobre sua "decisiva participação na elaboração do documento enviado ao governo brasileiro". A bicharada foi se dispersando e o jacaré fez sinal a Casé para que permanecesse, precisavam conversar.

— É verdade que a Greenwood começou a construção do *shopping*?

As notícias voavam no Pantanal, mais rápidas que as caturritas.

— Tenho para mim que eles anteciparam o início das obras por causa da repercussão do massacre. Os humanos são cheios de artimanhas...

— Acha que o governo iria embargar a obra?

— Pelo menos protelar seu início até o fato cair no esquecimento — retrucou Casé. — Estávamos esperando por você para saber o que fazer.

A maior preocupação de Croc saltou numa pergunta:

— Cadê Ali Gato?

— Continua recolhido.

— Tenho que reunir o conselho da ARMOPA para uma tomada de posição. Mas estive pensando se não seria melhor deixarmos o *shopping* para lá. Esse governo dos mamíferos rasgou nosso documento e sem apoio oficial não teremos condições de enfrentar a Greenwood.

Casé percebeu, emergindo dessas palavras, o Croc acomodador de sempre. Reagiu:

— Está insinuando que devemos fechar os olhos e fingir que não nos importamos com esse elefante branco se instalando dentro da nossa casa?

Croc coçou o tapa-olho:

— Você vê alguma outra saída?

— Vamos pensar... e vamos encontrar!

O político Croc colocou a pata no dorso de Casé e caminhou com ele:

— Meu jovem, ouça a voz da experiência: isso só vai nos trazer mais mortes e sofrimentos. Por que não damos uma chance ao *shopping*? Quem sabe não será bom para nós também? Talvez os humanos tenham razão. Eles sabem o que fazem. Não é à toa que estão no topo da pirâmide.

Casé só não se decepcionou porque não esperava algo muito diferente de Croc:

— Isso é um absurdo! Você fala como aqueles jacarés do zoo. Nem repita isso em público. — Casé emocionou-se. — Se recuarmos agora daqui a pouco estaremos todos vivendo dentro de um tanque. Eu vou à luta! Seja lá o que você disser, o que o conselho resolver, vou nessa briga até o fim. É matar ou morrer!

— Você fala como Ali Gato.

— Pode ser. Este *shopping* está me transformando num muçulmano — e berrou jocoso: — Por Alá!

Desde que voltara da cidade grande, Quelonius não era o mesmo jabuti. Atracara uma deprê. Os quelonídeos já não formavam o que se pode chamar de uma família animada, a irradiar alegria de viver (a vida lhes parecia um pesado fardo). O professor, no entanto, descera abaixo da média sem conseguir identificar a razão da queda: seria a convicção da desventura do Pantanal? O conhecimento mais profundo que adquirira da condição humana? Ou a nostalgia da escada rolante?

Algo mudara dentro do professor. Nem mesmo o socorro às vítimas da invasão o tirara de casa, entre as folhagens próximas "à futura sede da ARMOPA". Ele não se recordava de ter experimentado sensação semelhante ao longo de sua secular existência. Os quelonídeos detinham uma marca até hoje imbatível: são os animais mais longevos do planeta. Uma tartaruga Testuda pode chegar a soprar 180 velas no seu bolinho de aniversário. Quelonius narrava com tamanha riqueza de detalhes a evacuação de Corumbá e a retirada de Laguna que ninguém suspeitava de sua presença na Guerra do Paraguai. O solitário professor pensava se não estava na hora de largar tudo, esquecer seus estudos e pesquisas e roçar os cascos com uma bela jabota. Ao ver Casé se aproximando, porém, acendeu-lhe uma luz e ele percebeu de súbito todo o sentido de sua tristeza.

— Casé, meu querido companheiro de aventuras urbanas!

O jacaré pegou-o com as patas, ergueu-o e deu-lhe um beijo no plastrão:

— Estou com saudades, professor. Nunca mais o vi.

— Eu também, Casé. Eu também. Vivo lembrando de nossas andanças!

— Quer dizer minhas andanças — corrigiu o jacaré, brincalhão — porque o senhor ia feito um paxá. Vim lhe fazer uma consulta.

— Antes quero lhe fazer um pedido, posso? — Casé assentiu e esperou. — Eu quero voltar!

— Para a cidade grande?

— Para o alto de sua cabeça. — A frase saiu reticente como uma declaração de amor de um tímido. O jabuti tomou-se de coragem e foi em frente: — Ao vê-lo chegando, senti que é isso que tem perturbado minha vida, Casé. Olhar o mundo do chão, de baixo para cima, depois de tê-lo visto do alto dos seus dois metros. É outra coisa! Ganhei outra visão, uma nova perspectiva. Aqui de baixo é tudo tão pobre, tão grande, tão assustador. Nunca imaginei que aos 101 anos fosse descobrir um novo mundo...

Casé ouviu atento e embaraçado. Antigamente observava o mundo do mesmo ponto de vista do professor, mas jamais dera atenção às diferenças depois que tinha passado a andar em pé.

— Fico muito lisonjeado, professor e... nem sei o que dizer. Nós temos estilos de vida tão diferentes...

— Mas nos demos muito bem!

— Sim, mas estávamos numa missão. Aqui estamos em casa. O senhor é um historiador, um pesquisador voltado para as coisas do pensamento. Eu sou um jacaré de ação, leio pouco, estou sempre em movimento...

— Quero me tornar um jabuti de ação!

Casé procurava argumentos:

— Não é só isso, professor. Levo uma vida meio desregrada, envolvido com jacaroas... o senhor na minha cabeça iria me inibir...

— Eu não olho. Fico recolhido à carapaça. Você me deixa na beira do rio...

— Não ia me sentir à vontade, professor. Além do mais não tenho seus conhecimentos, falo muita besteira... o senhor ouvindo...

— Que nada, Casé! Acho que nós nos completamos... intelectualmente.

Casé relutava em ser contundente, mas viu que não havia outro jeito:

— Não dá, professor. Definitivamente não dá. Mas prometo que, de vez em quando, venho apanhá-lo para darmos um passeio.

— Como os gregos peripatéticos?

— É... deve ser...

— Que você quer? — Casé começou a explicar, Quelonius interrompeu-o: — Posso ouvir aí de cima?

O jacaré colocou-o sobre a cabeça e contou-lhe de sua conversa com o presidente da ARMOPA. Se dependesse de Croc, disse, iam inaugurar o Greenwood e depois expulsar todo o mundo dali. Casé queria que Quelonius, "tão sábio, tão vivido, tão letrado", encontrasse uma fórmula para barrar o *shopping*.

— Vou pensar. Nós vamos encontrá-la, mas enquanto penso — advertiu — é bom ficar de olho em Ali Gato.

— Não se preocupe, professor. Ele está expiando suas culpas. Não vai se meter em outra depois de ter provocado todo esse desastre. Esqueça o muçulmano.

»

Ali Gato e seus xiitas espreitavam de dentro d'água a movimentação dos funcionários na área do Greenwood. Muitos operários, alguns empreiteiros, arquitetos, engenheiros e diretores da empresa em visita às obras.

— Aquele ali serve, chefe?

“Sei como atrair uma ave, um reptil,
um mamífero, chefe, mas um humano...
O que atrai um humano?”

Abdul

— Muito baixinho.

— E aquele moreno alto lá?

— Está carregando peso. Não deve ser muito inteligente.

Abdul percebeu que a inteligência era um requisito necessário.

— Mas como vamos saber daqui quem é inteligente, chefe?

— Pelo jeito, pelos gestos, pela roupa. Os humanos gostam de se distinguir uns dos outros. Veja aquele louro, boas roupas, dando ordens, não faz força, deve ser o chefão. Vamos atraí-lo para a armadilha!

— Sei como atrair uma ave, um reptil, um mamífero, chefe, mas um humano... o que atrai um humano?

— Ouro, dinheiro... às vezes uma fêmea. — Ali Gato pensou um pouco. — Vamos esperar escurecer e fazer uma trilha com os dólares que ganhei na viagem. Vá lá e coloque uma nota na porta do alojamento...

— E se outro cara do alojamento pegar a nota?

— Ele é o chefão. Os chefes ficam em alojamentos isolados. Faça um caminho de dólares até aqui e deixe o resto por minha conta. Que Alá seja louvado!

## 14

As roupas importadas apareceram boiando, dilaceradas, no riacho que cortava o terreno do *shopping*: as buscas foram dadas por encerradas e os jornais da cidade grande informaram que o presidente da Greenwood Enterprises tinha sido devorado pelas piranhas durante um *jogging* noturno no Pantanal.

Mas, se os humanos aceitaram o fato como consumado e a empresa tratou de convocar uma assembleia de acionistas para eleger outro presidente, a comunidade reptília admitiu o incidente com reservas, mantendo uma pata atrás (menos os ofídios, é claro), desconfiada de que Ali Gato aprontava novamente.

— Para mim tem o dedo desse maluco na história — comentou Anita, a lagartixa. — As circunstâncias me parecem muito estranhas...

— Por quê? — reagiu o sinimbu-conselheiro. — O cara estava correndo, tropeçou, caiu dentro d'água, devia estar com algum ferimentozinho, as piranhas chegaram e fizeram a festa.

— Graças ao bom Deus os humanos também entenderam assim — Croc ergueu as patas aos céus — ou estaríamos contando os sobreviventes da segunda invasão.

Croc havia convocado o conselho da ARMOPA, como dissera a Casé, para discutir uma posição oficial diante da construção do *shopping*. Entre a convocação e o encontro, dera-se o desaparecimento do sr. K. Y. W., do que se aproveitara o velho jacaré para suspender a reunião, "até que o Pantanal retorne ao quadro de normalidade".

— Vocês acham que devemos enviar um telegrama à viúva?

— Que isso, Croc? Endoidou? — pulou Paguá. — Foi bem-feito! Esses humanos precisam aprender a preservar os crocodilianos. Será que eles não sabem que somos nós que mantemos o equilíbrio da fauna aquática? Somos os únicos predadores das piranhas!

Todos concordaram, lembrando que nos alagados onde faltavam jacarés acabavam sobrando piranhas, que, superpovoando as águas, provocavam o rápido desaparecimento dos nobres pacus, surubins, pintados e quem mais se apresentasse.

Ali Gato sabia-se sob suspeitas. Para dissipá-las, trancafiou o refém no esconderijo, interrompeu suas pesquisas e botou a cara de fora, reaparecendo nos lugares da moda, mais movimentados, como os ninhais de colhereiros do Baixo Pantanal (no verão anterior o *point* tinha sido sob os ninhos das garças) apinhados de bichos ouriçando, azarando, jogando conversa fora.

— Fala macacada! — dirigiu-se a um grupo de bugios. — Alá esteja convosco!

— Tá nas paradas de novo, Ali? Sabia que as piranhas jantaram o gringo do *shopping*?

— Ouvi falar...

— Foi o maior auê, mermão. Elas pegaram ele ainda no ar: quando bateu n'água só tinha o relógio.

— Ao soar o chamado de Izrafel ele será julgado — retrucou o muçulmano. — Alá é misericordioso!

Ali Gato circulava ostensivamente, para se fazer notar. Aquele não era seu ambiente, mas sentia que, para desfazer as desconfianças, precisava dar um "rolê" pelo centro do bochincho pantaneiro. Esbarrou, de propósito, em Casé, que cercava uma jacaroazinha da Amazônia, em férias no Taquari.

— Vê por onde anda, bicho — chiou Casé, que ao virar-se e ver o muçulmano mudou o tom. — Saiu da toca, xiita?

— Sabendo das novidades... coisa horrível a morte do gringo, han?

— Logo que a notícia correu, todo mundo pensou em você.

— Este servo de Alá é sempre o culpado de tudo. Eu estava recolhido cumprindo o Ramadã, nosso mês lunar de jejum.

— Algum outro plano para acabar com o *shopping*?

— Não quero mais saber. A ARMOPA que decida o que fazer. Vou realizar o *haj*, peregrinação a Meca, visitar a Mesquita sagrada, beijar a Pedra Negra, beber água no poço de Zemzem... — e foi se afastando.

— Boa viagem, xiita — acenou Casé. — E não esqueça de se benzer também.

»

Ali Gato retornou ao esconderijo excitado pela possibilidade de desenvolver seu projeto em paz. Regozijava-se por ter recebido de Alá a inspiração de rasgar os trajes do humano e jogá-los ao rio. A versão das piranhas tinha dado certo. Tão certo que até ele, em alguns momentos, chegara a acreditar.

Sentou-se diante da jaula e pôs-se a admirar o gringo. Sem dúvida um espécime superior dos primatas hominídeos: alto, louro, espadaúdo, dentes fortes, sólida mandíbula, olhos azuis, nada a ver com os três caboclos que deveriam pertencer a alguma subespécie humana. O muçulmano esfregou as patas dianteiras num gesto de contentamento. Não poderia haver exemplar mais adequado para acasalar com uma representante dos crocodilianos.

— Mas... mas chefe... — Abdul assustara-se ao tomar conhecimento do projeto.

— Lembre-se, Abdul, de que existem enormes semelhanças nas estruturas dos diferentes animais, sejam racionais ou irracionais. — Ali Gato entrava em êxtase ao discorrer sobre seus planos. — Não se esqueça de que em algum momento os mamíferos evoluíram dos reptis. Eles são nossos descendentes diretos!

— Sim, chefe, mas uma vez o senhor me disse que a fêmea humana leva nove meses para produzir uma cria, uma única cria e...

— Já lhe disse também que os humanos são atrasados, primitivos e só ficaram à nossa frente na corrente evolutiva porque sabem corromper... — Ali Gato retornou ao tom delirante. — A gestação se dará na nossa representante: dois meses, dois meses e meio e teremos 20, 30, 40 ovos... multiplique isso por dez, Abdul, depois por cem... Estamos criando uma nova espécie, você não percebe? Um superser da classe dos mamíptis, família dos *jacaromens*. Vamos colocar um exército deles para invadir e destruir o *shopping*!

Ali Gato já tinha sob controle todas as etapas do processo. Faltava apenas resolver a questão da fecundação. O cruzamento entre híbridos, de modo geral, resultava em produtos estéreis. Nas suas leituras o muçulmano tinha verificado que era assim entre o repolho e o rabanete ou a égua e o jumento.

— Preciso encontrar um meio de emparelhar os cromossomos — gemia o muçulmano curvado sobre suas pesquisas, estudando o uso da colquicina, alcaloide extraído de uma erva liliácea, que tinha a propriedade de inibir a diferenciação dos cromossomos.

Abdul assistia atônito à movimentação febril do chefe. Tudo lhe parecia espantoso. Para ele, Ali Gato sempre fora um *fedayyin*, homem do sacrifício, um guerreiro islâmico, um crocodiliano de briga, seguidor das ideias de um jacaré negro da Martinica que dizia: "a violência é a única força purificadora para os oprimidos e colonizados". De repente transformara-se num pesquisador, num cientista mais louco do que o professor Quelonius, a querer cruzar um mamífero com um reptil. Na cabeça de Abdul as perguntas pulavam como pererecas.

— Chefe, o senhor já pensou nas características desse novo ser?

— Serão as melhores...

— E se forem as piores?

— Impossível, Abdul. No processo de evolução, a seleção é natural. As características superiores dos reptis e dos mamíferos se sobreporão às inferiores, resultando no melhor para eles, para nós, para o Pantanal, para o progresso do planeta...

Ali Gato havia relacionado as características que iriam emergir com esse novo ser. Dos crocodilianos ele herdaria a reprodução ovípara, mais simples, mais rápida e menos dolorosa do que a reprodução vivípara dos humanos. Estaria abolida a prática medieval da cesariana e as fêmeas mamiptílias teriam liberdade para botar seus ovos em qualquer lugar.

Dos crocodilianos ele manteria a pele seca que, além de mais dura e resistente, evitaria a presença de pelos. Os humanos detestavam pelos ou não estariam sempre a se depilar, a cortar os cabelos. O cheiro seria o dos crocodilianos: os humanos rejeitavam seus odores ou não usariam desodorantes. A alimentação também dos crocodilianos, mais frugal: uma refeição por semana no inverno, duas no verão. Os humanos andavam comendo demais (os que comiam).

Dos crocodilianos ele conservaria o sangue frio. O mundo contemporâneo exigia serenidade e presença de espírito. Reproduziria o fôlego dos crocodilianos para a vida subaquática, mantendo a sofisticada aparelhagem que lhes permitia ver, ouvir e comer debaixo d'água. Os mamíptis seriam polifiodontes, ou seja, teriam várias dentições substituindo-se naturalmente uma às outras. Seria mais prático, mais avançado e mais barato do que as duas dentições dos retardados humanos. Por fim os jacaromens receberiam dos crocodilianos o legado do cio para pôr um pouco mais de ordem e disciplina a esse festim sexual dos humanos.

Os subdesenvolvidos mamíferos pensantes participariam com uma parcela bem menor na composição dos traços dos mamíptis. Deles, o novo ser herdaria a postura ereta, a capacidade para fazer amor fora d'água — algo que os crocodilianos nunca conseguiram — e a habilidade para assobiar.

Após ler em voz alta a composição da individualidade do jacaromem, Ali Gato não se conteve e bradou:

— É chegada a hora de darmos um passo à frente, Abdul! Já que a Natureza não se anima a fazê-lo, nós vamos progredir na cadeia evolutiva unindo as duas espécies que estão no topo do desenvolvimento. Alá é meu Deus e Maomé o seu profeta!

Abdul agitou-se:

— Vamos chefe! Mãos à obra! — Ali Gato não saiu do lugar. — Que houve? Está faltando alguma coisa para iniciarmos os trabalhos?

— A fêmea.

## 15

Professor Quelonius não precisou queimar as pestanas (se é que jabuti tem cílios) para encontrar uma resposta dos reptis à construção do *shopping* Greenwood, o tal que daria o braço à Natureza. Chamou Casé para conversar:

— Vamos passear que lhe conto o que pensei.

— Vamos — respondeu o jacaré, dando alguns passos até perceber que o jabuti não o acompanhava. Olhou para trás.

Quelonius, parado, apontava para o alto da cabeça de Casé.

— Ah! A vida aqui em cima é outra coisa! — exclamou ajeitando-se.

— Às vezes penso que o senhor me considera apenas um meio de transporte.

O professor fez um breve histórico da Idade de Ouro dos Reptis, a Era Mesozoica, antes de entrar na ideia propriamente dita. Era do que mais gostava de falar. Falou das 16 ordens na época, agora reduzidas a quatro, os quelônios, os crocodilianos, os escamados (cobras e lagartos) e os rincocéfalos, "representados atualmente por uma única espécie, a tuatara, nosso parente distante: vive na Nova Zelândia". Explicou as 25 divisões na classificação filogenética dos reptis, que Casé não entendeu, e deteve-se na subclasse dos arcossauros.

— Sabe que você descende deles?

— Quem? Eu? Dos arco... o quê? E o senhor? O senhor também é reptil!

— Mas de outra subclasse: dos anapsidas. É na subclasse que a gente se separa. Os arcossauros englobavam cinco ordens. Sabe quantas sobreviveram? Uma. A sua!

— A minha??

— Sim, a dos crocodilianos. Vocês provavelmente participaram do primeiro desembarque. Talvez tenha sido de uma jacaroa o ovo que mudou a história do planeta.

Casé impacientava-se com a demora do professor para chegar ao ponto.

— Acho que o senhor está me enrolando para estender o passeio.

— Pois bem, deixe-me resumir. O que quero dizer é que, entre todos os nossos antepassados, foram os arcossauros que verdadeiramente dominaram a Terra. Foi graças a eles que hoje vemos o Mesozoico ser chamado de Era dos Reptis. Eles se impuseram pela sua força, seu tamanho... somente eles poderiam enfrentar a tecnologia dos humanos com sucesso.

— Isso é hora da saudade, professor! Eles já se foram...

— Mas nós podemos trazê-los de volta. Já imaginou um brontossauro no *shopping*? Que prejuízo?

Casé parou e colocou o professor no chão para poder pensar melhor. Gostava de manter o jabuti na cabeça quando ambos seguiam a mesma linha de pensamento. Na necessidade de refletir sozinho, o peso de Quelonius atrapalhava seu raciocínio.

— Trazê-los de volta? — Casé ainda pensava. — Como?

— Os humanos costumam pegar o motor de um carro e transferi-lo para outro. Nós só temos que apanhar o “motor” de um crocodiliano e colocá-lo na carroceria de um dinossauro. São do mesmo ano, da mesma classe, só o modelo varia um pouquinho...

— Tudo bem, mas onde vamos encontrar uma carroceria de dinossauro em bom estado?

— Esse é o problema, Casé. Podemos fazê-la artesanalmente. Tenho todas as plantas em casa: iguanodonte, diplodoco, tiranossauro, ceratossauro, estegossauro, braquiossauro, o que você quiser...

— Eu??

A sugestão do professor Quelonius foi colocada sobre a poça de reunião do conselho da ARMOPA. Uma decisão coletiva, propôs Casé, seria muito mais democrática. Croc sugeriu encaminhar a discussão para a assembleia geral, “considerando-se a relevância da matéria em pauta”, mas a proposta foi recusada pelos demais conselheiros que viram nisso mais uma manobra diversionista do jacaré-açu. Alegaram que havia tantas opções entre os “modelos de carroceria” que o Pantanal acabaria antes da assembleia chegar a um consenso.

— Você garante a viabilidade do projeto? — perguntou, de cara, Anita, a lagartixa, entusiasmada com a ideia.

— Bem, no século passado os humanos criaram um monstro, de sangue quente, com pedaços de cadáveres. Não sei por que nós, com a vantagem do sangue frio, não poderíamos recriar um antepassado.

Quelonius referia-se ao Dr. Frankenstein. Sua observação eliminou a insegurança do conselho. Os reptis sempre achavam que "se os humanos fizeram, nós também saberemos fazer, e melhor". Croc, no entanto, ainda vacilava:

— E se ele virar um monstro e se voltar contra nós?

— Deixa de ser cagão, Croc! — bronqueou Paguá. — Se ficarmos levantando hipóteses vamos continuar sentados a noite toda.

O professor espalhou desenhos e gravuras dos diversos dinossauros sobre a mesa:

— Podem escolher, senhores. Qualquer um funcionará com os órgãos dos crocodilianos.

— Qual é o maior deles? — quis saber o sinimbu-conselheiro.

— Este, o braquiossauro. Em média cinquenta toneladas de peso, treze metros de altura, mas tem a cabeça do tamanho de uma azeitona... é vegetariano.

— Temos que escolher um carnívoro! — disse Anita, categórica.

— Carnívoro? — Croc reagiu. — Não basta destruir o *shopping*? Ainda quer que ele coma todo mundo?

— Por que não esse aqui? — Paguá apontou o diplodoco. — É tão elegante, tão simpático! Adoro esses bichos de pescoço comprido.

— Também é herbívoro — assinalou Quelonius — e quadrúpede.

— Lembro do senhor afirmando que para lidar com os humanos é mais indicado um bípede — disse Casé.

— Adoro os bípedes! — voltou Paguá, arrumando a peruca. — É mais fácil de abraçar.

— Esse aqui! — Casé indicou o ceratossauro. — Tem cara de brabo.

— É um horror! — exclamou Paguá. — Se acordo e dou de cara com um bichão desses, peço meus sais!

Anita, com sua objetividade de lagartixa, percebeu que a reunião perdia o rumo.

— Qual deles você aconselha, professor?

— Se procuramos um bípede, carnívoro, de boa aparência, só pode ser o tiranossauro: forte, dentes serrilhados, seis metros de altura, dez, quinze metros de comprimento. Foi o rei do Jurássico.

— Então é esse que vai ser — decidiu Anita. — Estamos todos de acordo?

Estavam todos de acordo. Anita foi em frente:

— O que precisa para reconstruir o tiranossauro, professor?

— Espaço, um pequeno banco de órgãos de crocodilianos e colaboradores para me ajudarem.

— Podemos chamar a Jacira — sugeriu Casé.

— Pra que chamar aquela jacaroa desmilinguida? — Paguá reagiu. — Já tem gente demais aqui!

O jabuti recolheu seus desenhos e pediu uma carona a Casé. A reunião chegava ao seu final. Enquanto empilhava as gravuras, o professor fez um comentário desinteressado:

— Vocês sabiam que existem dois esqueletos completos do tiranossauro expostos no Museu de História Natural de Nova York?

— Mas isso é ótimo! — admitiu Anita. — Por que não vamos buscá-los?

— Você quer dizer: roubá-los — se meteu Croc.

— Roubá-los? Eles nos pertencem. São dos nossos avós. — A lagartixa subiu pelas paredes. — É humilhante ver os humanos exibindo-os como um troféu. Perguntem se eles nos permitiriam expor algum osso do Homem de Neanderthal.

Quelonius interrompeu o desabafo de Anita.

— Se alguém quiser se encarregar de trazê-los, vai nos poupar tempo e trabalho.

Paguá fechou:

— Essa é mais uma missão para o jacarezito que anda em pé!

## 16

Paguá descansava sob um tórrido calor, encostada num barranco, barriguinha para cima, comendo uns camarõezinhos do brejo. Uma virtude de que se gabam os jacarés é a ausência de transpiração. Eles podem pular, dançar, praticar esportes, permanecer horas debaixo de um sol de 42 graus e continuarão desconhecendo a expressão dos humanos "suar em bicas".

Interrompemos aqui o curso da narrativa pedindo passagem para um informe técnico: os reptis são animais pecilotérmicos, ou seja, adquirem a temperatura do meio ambiente. Por isso preferem as regiões tropicais e temperadas. Um jacaré na Escandinávia, só se estiver fazendo turismo.

Falta aos reptis — e isso lhes provoca um tremendo sentimento de inferioridade — um mecanismo de termorregulação. O professor Quelonius passou boa parte de sua juventude (mais de cinquenta anos) estudando as razões da inexistência dessa "peça" no motor dos reptis. Chegou à conclusão de que não tem jeito: eles foram "fabricados" para viver dentro d'água; o ovo que botaram na terra foi um ato isolado de coragem e desobediência civil que contrariou as leis da Natureza. O jabuti acena, porém, com uma esperança: pode ser que daqui a milhões de anos a Natureza se convença (ela custa muito a ser persuadida) de que a viagem dos reptis não tem volta e se decida, afinal, a dotá-los desse termostato que eles tanto invejam nas aves e nos mamíferos. Fecha parêntesis.

Paguá recusou-se a integrar a equipe do professor Quelonius. Julgava-se distraída demais para tamanha responsabilidade. Não se surpreenderia se pegasse os dois testículos do crocodiliano morto e, ao invés de colocá-los nos bordos-médio-ventrais dos rins, os enfiasse nos orifícios auditivos do dinossauro. Destruiria, assim, todo um árduo trabalho, fazendo do tiranossauro uma criatura estéril, surda e de fala fina. Havia, também, a presença de Jacira. Ela sentia que ia acabar quebrando um osso na cabeça daquela jacaroa lambisgoia. E tinha mais. Paguá não se percebia à vontade para ficar se expondo, circulando pelo Pantanal com seu rabo incompleto. Do alto de sua vaidade sentia-se a última das jacaroas.

Abdul aproximou-se despetalando uma flor, com ares de quem não quer nada. Largou-se ao lado de Paguá e continuou em silêncio, concentrado na sua ocupação. A jacaroa lançou-lhe um olhar crítico de alto a baixo.

— Com tanto lugar sobrando você tinha que deitar aqui, Abdul? Que você quer? Se é saber o dia do meu cio posso lhe adiantar que já estou comprometida...

O muçulmano nem se dignou a olhá-la. Comentou indiferente:

— Como vai seu rabo, Paguá?

A jacaroa imediatamente olhou para a extremidade da cauda, que tivera o cuidado de esconder debaixo de um arbusto.

— Você já sabe?

— Quem não sabe? Não é um rabo qualquer — ele enfatizou. — É o rabo da Paguá!

Ela gostou de ouvir o elogio:

— Mais alguns meses e ele estará refeito.

— E até lá? Vai andar com um arbusto amarrado na ponta? — Paguá fechou a cara. Abdul falava sem emoção. — Tenho uma proposta para lhe fazer. Posso presenteá-la com um rabo postiço da melhor qualidade, importado, couro alemão, se você aceitar participar de uma experienciazinha que nós estamos desenvolvendo.

— Desde que não tenha caráter religioso...

— Não, não. É profana. Coisa simples. Acho que você vai se divertir. — Abdul fez uma pausa. — Acasalar-se com um mamífero pensante!

No susto, Paguá escorregou do barranco:

— Você quer dizer um homem?

— Sim, um humano... alto, louro, olhos azuis...

Talvez fosse uma das únicas experiências que estivessem faltando à devastadora trajetória sexual de Paguá. Submeter-se-ia a ela sem receber nada em troca. Entendeu, porém, que a ocasião pedia um certo charme.

— Tem uma foto dele aí? — Abdul não tinha. — Não posso me entregar a qualquer um... sem conhecer. Onde é que fica minha reputação?

— Vou apresentá-la...

Paguá reagiu toda coquete, ajeitando a peruca ruiva:

— Será que ele não vai perder o... o... o interesse, ao notar o estado do meu rabo?

— Lembre-se, Paguá, as fêmeas dos humanos não têm cauda. Escolhemos você exatamente por causa desse rabinho curto.

Puro artifício de convencimento para massagear o ego da jacaroa-coroa. A verdadeira razão tivera que superar as resistências de Ali Gato. O muçulmano reagira mal, quando, na reunião em que se escolhia uma jacaroa para mister K. Y. W., alguém citara o nome de Paguá. Sempre a considerara uma "perua" desvairada, despundonorosa, possuída pelos *shaiatin* (demônios). Abdul e os outros se viram obrigados a lembrar ao chefe que Paguá não estava sendo convidada para ouvir a leitura do *Kitab Alah* (Livro de Deus). Ela podia ser tudo o que afirmava Ali Gato e exatamente por isso era a jacaroa indicada para se envolver naquela fantástica experiência com um mamífero. Todos os que haviam provado do seu cio tinham sido unânimes em afirmar que Paguá era a melhor cortesã do Pantanal.

A jacaroa desceu ao esconderijo meio assustada, de olhos tapados, orientada por Abdul. Ali Gato tirou-lhe a venda.

— Ué! Você não estava em Meca?

— Continuo em Meca — respondeu o muçulmano firme, escandindo as sílabas.

— Entendi...

— Abdul já deve ter lhe dito do que se trata.

— Ele me falou no caminho. Não sei se entendi muito bem as razões de tudo isso.

— As razões não importam. Você sabe o que fazer?

— Ninguém sabe fazer isso melhor do que eu.

— Não estou interessado em avaliações pessoais. — Ali Gato falava duro; queria pouco papo. — Venha comigo.

Levou a jacaroa para a sala contígua onde estava o *mister*, diretor-presidente da Greenwood Enterprises, completamente nu dentro da jaula. Paguá não negava que apesar da larga vivência sentia um calorzinho na barriga (os animais de sangue quente sentiam um friozinho). Procurou se mostrar a mais descontraída possível e, a distância, cumprimentou o mamífero:

— Oi, bonitão!

Ali Gato passou-lhe as primeiras instruções. Iria colocá-la dentro da jaula para que os dois se entendessem um pouco, trocassem algumas ideias.

Entre os crocodilianos o macho não necessitava de muito papo para seduzir a companheira. Punha-se a rodeá-la, nadando em círculos cada vez mais estreitos, até envolvê-la completamente. Os humanos eram mais complicados e Paguá precisaria ter paciência. Apreciavam uma conversinha, botavam um som, ofereciam bebida, faziam declarações, alguns filosofavam, outros falavam de comida, vários recitavam poesias e ainda assim depois desse lero-lero todo, às vezes não conseguiam e então diziam que estavam com dor de cabeça por causa dos problemas na firma.

Paguá entendeu o espírito da coisa mas alertou o muçulmano:

— Hoje só iremos conversar. Não estou podendo fazer nada. Não estou no cio. Se tentar vai parecer muito falso.

Ali Gato aceitou as ponderações da jacaroa (que jeito?) e abriu a cela. Paguá entrou e, muito comunicativa, puxou conversa:

— Qual é o seu signo?

## 17

Jacira pegou o primeiro rio que passou em sua vida e chegou a tempo de estar com Casé. Os crocodilianos, quando não estavam dentro d'água ou na segunda classe do Expresso Pantaneiro, viajavam clandestinos em barcos, ônibus, bicicletas, carrocerias de caminhões. Exceto Casé, que andando em pé, possuía até passaporte, falso, com o nome de Casémiro Croce. O sobrenome era uma modesta homenagem ao domador que lhe ensinara a posição ereta, Benedetto Croce, filho de imigrantes italianos que fundara seu próprio circo e continuava mambembando pelo Centro-Oeste.

Jacira encontrou Casé pronto para viajar, mochila nas costas, adquirindo um novo capacete com o camaleão-camelô. O jacaré se acostumara a ter, em viagem, o professor na cabeça. Na falta dele, impossibilitado de acompanhá-lo, substituía-o por um casco vazio. Casé provava os modelos olhando-se no pedaço de espelho.

— Experimenta esse aqui — sugeriu o camaleão empurrando-lhe um casco de tartaruga da Amazônia.

Casé nem experimentou:

— Não quero uma banheira. É pra usar na cabeça.

— Então leva esse... especial... é de cágado.

— Muito escuro. Queria um castanho meio esverdeado, assim como... parecido com o professor Quelonius. Conhece?

O camaleão remexia a mercadoria:

— Então é esse! — exibiu-o. — Foi uma tia do professor!

— De plástico?

— Desculpe. — O escamado recolheu-o. — Esse é para turistas.

Ofereceu outro a Casé, que experimentou e gostou. No instante em que se olhava no caco do espelho percebeu Jacira às suas costas, cheia de amor para dar.

— Obrigado por ter sugerido meu nome para a equipe do professor — disse ela, derretendo-se.

— Já disse que seu lugar é aqui.

Casé reagiu com frieza. Sua cabeça já estava a caminho do museu de Nova York. Além do que, prático e objetivo como todo crocodiliano, sabia que aquilo ali não ia dar em nada: ele se achava em cima da hora e Jacira não estava no cio. A jacaroa porém queria papo, aquele papo de toda fêmea enamorada, ávida por um gesto, uma palavra do macho que correspondesse a seus sentimentos.

— Por que você lembrou de mim... na reunião?

Casé não respondeu, concentrado na aquisição do casco. A moeda corrente entre a bicharada da região era o *dent* (não confundir com cent): os próprios dentes dos crocodilianos — que assim mantinham uma poupança na boca — parecidos com marfim, muito procurados pela indústria de artesanato. O camelô, como não gostava de suas cores naturais, juntava um punhado de *dents* e depois os trocava com os humanos por tinturas para a pele seca.

— Que que você pensou ao propor meu nome?

Jacira insistia. Casé repetiu desinteressado o que já havia dito antes.

— Que seu lugar é aqui!

— Mas você acha que meu lugar é aqui porque posso ser útil à comunidade reptília ou... porque de vez em quando pensa em mim?

Casé suspirou, refletindo que elas quando gamam são as mesmas em qualquer espécie animal. Aquela jacaroa que ele conhecera tão segura de si no zoo e que tanto o encantara, transformara-se numa fêmea disposta a entregar-lhe o coração por qualquer promessa de exclusividade. Disfarçou:

— É tanta tralha para carregar. — Revolvia a mochila. — Às vezes gostaria de ser um marsupial só para ter uma bolsa na barriga.

Jacira não mudava de assunto:

— Por que você está tão indiferente comigo?

Casé decidiu dar um basta naquele nhe-nhe-nhém:

— Escuta, Jacira, não adianta me fazer perguntas porque não vou responder o que você quer ouvir. Já conversamos e concluímos que falamos línguas diferentes. Você quer uma relação a dois, como os humanos — elevou a voz — e eu não acredito nisso!

Jacira topou a "briga":

— Você não quer é assumir responsabilidades!

— Isso é argumento de mamífero pensante.

— É muito cômodo para você ter quinze, vinte fêmeas à disposição...

— E por que iria me meter em situações incômodas? Não fui eu quem estabeleceu as coisas assim. O amor, esse amor de que você fala, só traz incômodos. Atrás dele vêm o ciúme, chatices, inseguranças, sentimento de posse... eu via os casais de humanos lá no circo... cobrando, discutindo, se estranhando...

— Acha que eles não tinham também seus bons momentos?

— Para haver bons momentos não há necessidade do amor. Basta a vontade de estarem juntos.

— Isso não é amor?

— Sei lá o que é amor — o jacaré irritou-se. — Nem os humanos sabem, como é que um crocodiliano que nunca leu nada vai saber? Você sabe?

— O amor é o... é a... o amor é...

— O amor é o grande tema — completou Casé — sobre o qual se pode falar qualquer besteira porque nele cabe tudo. O amor é uma invenção dos humanos, Jacira. Assim como inventaram a lanterna, a espingarda, o *shopping center*, eles inventaram o amor. O professor Quelonius me disse que esse tipo de sentimento a dois não existia entre os humanos pré-históricos. Eles eram iguais a nós, reptis, às aves, aos peixes, aos outros mamíferos. Ele foi inventado para tentar organizar melhor a família dos humanos. Esses primatas criaram a ideia de que o amor é belo, é isso, é aquilo, e seus descendentes se viram na contingência de amar. Mesmo sem saber do que se trata. Não percebe, Jacira, que os humanos são prisioneiros de algo de que desconhecem o funcionamento?

— Quem sabe não é o mistério que torna o amor tão cobiçado?

— Você está falando como mamífero da cidade grande. O que comanda a aproximação entre macho e fêmea é a atração física. Nenhum macho se aproxima de uma fêmea por supor que ela saiba fazer ninhos ou nade os quatro estilos. Ele quer é abraçá-la, e se for bom e com isso surgirem outras afinidades, se dispõe a ficar, ter filhos e constituir família... é a isso que os humanos chamam de amor.

— Para mim é ao contrário. Espero não ter que abraçar um jacaré pelo qual não esteja apaixonada.

— As fêmeas são todas assim — observou Casé, superior. — Mas nenhuma fêmea suportaria um macho que não a satisfizesse na cama ou na água. Acabamos convergindo para o mesmo ponto. O professor falou que o amor é a racionalização do impulso sexual. O mundo dos reptis é muito mais harmônico que o dos mamíferos pensantes porque não trapaceamos com nossos desejos. Se você quer saber, o amor é um atraso de vida. — Ajeitou a mochila sobre a capa. — E agora me dá licença que preciso viajar.

Jacira continuou estática, boquiaberta.

»

Dilly marcara encontro com Casé no bar do hotel Algonquin, que costumava frequentar quando ia a Nova York. O aligator americano revelava uma natural expectativa para estar frente a frente com o primo que só conhecia de ouvir falar. O parentesco dos dois vinha pelo lado materno: as mães de Casé e Dilly eram irmãs. A mãe de Dilly, no entanto, não aguentara a "violência" do Pantanal e aproveitara-se da presença de um grupo de pesquisadores da Universidade da Flórida para se esconder no avião e deixar o país. Vivendo agora num lago da Disneylândia, a tia de Casé estava perfeitamente integrada ao "*american way of crocodilian life*".

Casé perguntou à garçonete pela mesa de Dilly.

— Qual deles? O aligator ou o saxofonista?

Dilly era um pouco mais baixo que Casé — 1m95 — cabeça mais larga, couro mais escuro, os olhos nem tão saltados quanto os dos jacarés. Ao identificá-lo da porta do bar, Casé não viu nada de especial no primo americano. Ao se aproximar, no entanto, surpreendeu-se ao percebê-lo sem disfarces num ambiente humano.

— Em Nova York não há necessidade de disfarces, primo. Aqui ou ninguém se importa ou imaginam que sou humano vestido de aligator.

Antes que Casé pudesse reagir, a velhinha da chapelaria passou e cumprimentou o aligator:

— *Hello*, Dilly! Não está sentindo calor com essa roupa? Quer deixá-la comigo?

— Obrigado, mas estou sem nada por baixo.

Dilly contou a Casé que por causa dessa dupla identidade já havia sido colocado várias vezes contra a parede pelos policiais que o revistavam à procura de alguma arma escondida debaixo da fantasia. Em compensação era sempre convidado a participar de campanhas ecológicas; já ganhara um concurso de fantasia, categoria originalidade, e uma emissora de televisão na Califórnia tinha oferecido mil dólares para que se despisse diante das câmeras.

— Você topou?

— Claro que não, primo. Disse que, enquanto os crocodilianos permanecessem sendo caçados e mortos pelos humanos, não revelaria minha identidade!

Casé sentiu crescer sua admiração pelo primo. Dilly pediu a conta e os dois saíram à procura de um táxi. Enquanto aguardavam, o jacaré percebeu que o aligator também andava ereto.

— Aprendeu no circo?

Dilly explicou que nos Estados Unidos já havia algumas autoescolas que ensinavam os crocodilianos a andarem em pé.

— Mas eu uso um aparelhinho do tamanho de um marca-passo, desenvolvido pelo Instituto Massachusetts de Tecnologia e recentemente posto à venda: você o coloca no ventre e, ao ligá-lo, ele ergue seus dianteiros do chão, como um macaco de carro e o coloca na posição vertical. É sensacional! As pilhas duram um ano.

Quase todos nós usamos, menos aqueles crocodilianos-militantes que continuam achando que reptil tem que rastejar.

Casé estava pasmo. Uma expressão imbecil esculpia-lhe a cara. Jamais imaginara a existência de uma comunidade reptília tão desenvolvida. Ouvindo as palavras do primo, constatava que no Brasil ele ainda vivia no Mesozoico. Mais de que uma distância espacial, havia a separá-los muitos milhões de anos. O táxi parou à entrada do Central Park:

— Achei que você gostaria de se hospedar aqui... ou prefere um hotel?

Estava na cara que Dilly, ao sugerir o parque de Nova York, fora orientado pela mãe, que devia ter-lhe falado dos hábitos rudimentares "desses jacarés tropicais". Casé não queria criar problemas:

— Aqui está ótimo... tem banho?

— Sim, claro... mas você terá alguma dificuldade porque os lagos estão ocupados pelos participantes do Encontro Internacional de Batráquios que começa amanhã.

— Eu me arranjo. E você... onde vai dormir?

— Estou hospedado na casa de um amigo, o Batman. Conhece? — Casé fez que sim. — Sempre que venho a Nova York brincamos de bicho; ele finge que é um morcego e pensa que eu finjo ser um aligator.

— Interessante...

— Às vezes aparecem por lá a Mulher-Aranha e o Leão da Metro e nós nos divertimos muito.

Despedindo-se, Casé pediu alguma informação sobre o esqueleto do tiranossauro no museu.

— É lindo — disse Dilly —, já estive lá vendo tudo para fazer a planta do prédio. Tem osso que não acaba mais!

## 18

A vontade de Paguá era de sair gritando pelas beiradas do rio Taquari com toda a força dos seus pulmões que ela, ela Paguá, havia sido escolhida entre todas as fêmeas do Pantanal para acasalar-se com um mamífero pensante. Seria a melhor resposta que poderia dar àquelas jacaroas fofoqueiras que, secas de inveja, viviam anunciando seu fim desde que Casé a dispensara de seu time. Comprometera-se, porém, com Ali Gato a manter absoluto silêncio sobre a experiência ou o muçulmano não lhe daria a cauda postiça e ainda cortaria o resto do seu rabo natural.

Foi tomada por um angustiante silêncio, portanto, que Paguá, isolada de todos, esperou pela vinda de seu período estrual. No dia em que acordou e notou os batimentos cardíacos acelerados, as glândulas lacrimais a todo o vapor e a fenda longitudinal pulsando desgovernada, percebeu que havia chegado o momento. Enfiou a peruca ruiva, respirou fundo, saiu à procura de Abdul e disse-lhe:

— Estou pronta. Pode me levar ao bonitão.

Abdul lançou-lhe um olhar perscrutador à procura de algum sinal externo que denunciasse o estado de Paguá. Aparentemente nada a distinguia da jacaroa desvairada de sempre, mas passados alguns segundos o muçulmano começou a sentir algo de estranho no ar, que lhe fazia tremer a cauda. A ciência ainda não conhecia o suficiente sobre a forma como o cio das fêmeas estimulava o macho crocodiliano, mas Abdul de repente teve ímpetos de dar um urro semelhante ao do Tarzã. Trocou-o porém por um gesto, para que ela o seguisse na direção da margem do rio.

— Não tem outro caminho, Abdul?

— Podemos ir por dentro — disse ele sem jeito, meio envergonhado por imaginar que ela lia seus pensamentos.

— Prefiro...

O estruo da jacaroa injetava tensão entre os dois, obrigando-os a se manterem em guarda. Paguá, dona de um cio avassalador, procurava distrair as ideias para não começar a ver Abdul, um muçulmano de cabeça grande, rabo desproporcional e dentes em desalinho, como um crocodiliano cheio de charme, de dorso forte e sensual. Os jacarés só transavam dentro d'água. Fora pensando nisso e para evitar um surto de fraqueza que Paguá sugerira o caminho de dentro.

— Não podemos andar mais depressa?

“Minha agenda está fechada para todos os cios deste ano.”

Paguá

O coração de Paguá batia aos galopes sem que ela pudesse distinguir se era devido ao seu "estado interessante" ou à aflição de se ver sozinha com aquele macho numa terra de ninguém. Abdul por sua vez sentia a cabeça rodando, numa zonzeira embriagadora que aumentava à medida que inalava as emanações afrodisíacas da jacaroa. Vieram-lhe à memória todas as histórias libidinosas que conhecia sobre Paguá. Jogou para o alto a compostura e passou a rodeá-la, com palavras:

— Se você não tivesse que participar dessa experiência, estaria fazendo o quê, agora?

Paguá não era de medir palavras:

— O que faz uma jacaroa no cio?

Abdul suspirou, girando os olhos:

— Tinha alguém em vista?

— Tinha um compromisso. — Ela alteou a cabeça num gesto elevado. — Aliás minha agenda está fechada para todos os cios deste ano.

A mentira de Paguá não afastou Abdul, chegando-se cada vez mais:

— Que você espera desse encontro com o mamífero? Vai ser bom?

— Não me importa como vai ser. Estou numa missão. Devo ser profissional.

— Ele não será capaz de satisfazer você. — Abdul sussurrava-lhe ao ouvido. — É outra classe, outra espécie, não será nunca como estar com um crocodiliano.

— Quer fazer o favor de desencostar, Abdul!

Paguá distanciou-se, o muçulmano foi atrás:

— Não consigo. Tem uma coisa que me empurra para você...

— Então vá na frente.

— Vai você na frente!

— Deixa de ser idiota! Como posso ir na frente se não sei o caminho?

Abdul pouco se importava com o caminho.

— Vá... vá... siga reto até o aguapé. Lá eu vou tapar seus olhos. Vá, Paguá! Deixe-me ao menos admirá-la. Adoro esse rabinho-cotó.

— Abdul, contenha-se! Se bancar o engraçadinho, conto tudo para seu chefe!

— Pois conte! Conte pra quem você quiser. Conte que sou louco por você, sempre fui... tem anos que vivo cercando seu cio, mas você some... Paguá, olhe para mim... não sei quando teremos outra oportunidade igual a essa... só nós dois... vai ser maravilhoso... Pode crer... Paguá, me dá... essa cloaquinha...

A jacaroa disfarçava, cantarolava, olhava para cima, empreendia um heroico esforço para não se render à cantada de Abdul. Não importava que ele fosse uma figura inexpressiva, um tipo feio, sensaborão, nada disso contava para uma jacaroa no cio. Fosse o que fosse, era um macho a lhe respirar concupiscências no ouvido, a lhe murmurar galanteios que não estava acostumada a ouvir porque os jacarés, secos como a própria pele, não se prolongam na corte.

— Aqui paramos — disse Abdul tentando parecer normal. — Tenho que colocar a venda.

A jacaroa relaxou, soltou as patas, encostou o ventre no chão e ficou à espera da faixa. Abdul, ao invés de colocá-la pela frente, como da primeira vez, preferiu fazê-lo por detrás. Encostou seu corpo no de Paguá e, sem que ela esperasse, passou a venda pelo pescoço, puxando-a e rolando com ela para dentro do aguapé.

A jacaroa parou novamente diante de Ali Gato a quem cabia, senhor da situação, retirar-lhe a venda.

— Está molhada...?

— É que... que me distraí, chefe, e ela, sem enxergar, errou o caminho.

— Muito bem, então vamos passar à outra sala. Precisa de alguma coisa, Paguá?

— Bem, gostaria de ficar alguns minutos a sós. Preciso me concentrar...

— Certo. Cinco minutos está bom? Não podemos perder tempo.

O encontro anterior dos dois tinha sido mais um reconhecimento de terreno. Tocaram-se apenas nos beijinhos de despedida. Rolara um papo amistoso sobre o mundo animal em geral, a vida humana, a vida reptília, suas semelhanças e diferenças. Paguá perguntou por que os humanos tinham nojo dos reptis. O sr. K. Y. W. explicou que não era bem assim. Só a lagartixa lhe causava repugnância; das cobras e jacarés tinha medo e das tartarugas, pena. Paguá tranquilizou o mamífero dizendo que não havia razão para temores: ela só atacava quando não era correspondida nos seus desejos.

A jacaroa saíra com uma boa impressão do presidente da Greenwood Enterprises, um mamífero muito distinto que elogiara sua peruca, falara da mulher, dos filhos e mostrara preocupação quanto ao futuro dos crocodilianos. Sim, poderiam se entender: ele era de Peixes, signo da água.

— Só mais uma coisa — pediu Paguá retirando-se para a outra sala — não gostaria de plateia. O mamífero é um tipo recatado e a presença de vocês...

— E se você necessitar de ajuda? — perguntou Abdul.

— Que tipo de ajuda?

— Sei lá... ter que amarrá-lo nas grades.

— Sei me virar sozinha. Sempre me virei.

— Como vamos saber se vocês conseguiram?

— Não se preocupem. Vocês vão ouvir.

Antes de bater a porta, todos lhe desejaram boa sorte. Ali Gato proferiu algumas palavras de incentivo.

— Paguá, o futuro deste planeta está nas suas mãos. Se você não tiver êxito, esses mamíferos primitivos vão acabar por destruí-lo. Lembre-se disso. Vá em frente e seja feliz! Você será a verdadeira Eva dos novos tempos. Que Alá esteja convosco!

Paguá passou à outra sala e logo todos os jacarés se comprimiram diante dos pequenos orifícios que haviam aberto na porta. Como havia mais interessados do que buracos, tornou-se necessário um rodízio do qual Ali Gato, chefe supremo da operação, ficou de fora. A ele coube, com privacidade, o buraco da fechadura.

Não se pense que Ali Gato e os outros mantiveram-se indiferentes aos eflúvios de Paguá. Estavam todos ouriçados, experimentando a mesma zonzeira de Abdul, e se por acaso o xiita tivesse gritado "avançar", provocaria uma grossa pancadaria pela disputa do primeiro da fila. Ali Gato, no entanto, conteve-se com muito equilíbrio, auxiliado por Alá, Maomé, todos os anjos e a convicção da transcendência do projeto, muito mais importante do que a breve satisfação dos prazeres da carne. Espiava pelo buraco na crença de que os mesmos efeitos perturbadores de Paguá atingissem o mamífero pensante.

A jacaroa ergueu-se e, bípede, foi deslizando, fazendo caras e bocas e ondulando o corpo pela grade, no que lhe parecia ser a pose mais excitante para um hominídeo. Entre os crocodilianos era tudo muito simples, objetivo, quase mecânico, na base do "dá lá, toma cá". Os humanos necessitavam de algum aquecimento, como já a prevenira Ali Gato e ela confirmara mais tarde na leitura do *Kama Sutra*. Paguá parou à entrada da jaula e antes de abri-la falou, voluptuosa:

— Vim lhe fazer companhia esta noite, bonitão. Você quer?

O presidente da Greenwood Enterprises, despido de qualquer roupa ou preconceito, cerrou os punhos nas barras da cela e sacudiu-as com vigor.

— Grrrrrr — disse ele.

— Calma, meu lindo. Olha o que consegui. — Ela exibiu a chave da jaula. — Vamos aproveitar enquanto eles saíram para rezar.

A sensibilidade desse humano jamais tinha deparado com uma fêmea no cio. Os odores do estruo de Paguá, trescalando pela sala, fizeram o rico empresário regredir à condição de primata, numa reação mais intensa que a dos próprios crocodilianos. O sr. K. Y. W. começou a pular impaciente dentro da jaula.

— Devagar, bonitão.

A jacaroa abriu a porta e escorregou para dentro da cela. O mamífero arremessou-se sobre ela, que se esquivou e colocou-se no fundo da cela agarrada às barras, contorcendo a barriguinha. O *mister* babava de quatro no chão. Paguá chamou-o num gesto sensual.

Na outra sala a galera crocodiliana enlouquecia entre a torcida e a excitação. Os que perdiam a vez nos orifícios imploravam por alguém que irradiasse o encontro.

— Ele está avançando... lentamente, de quatro... agora deitou-se. Tenta rastejar como nós, reptis...

— E ela? E ela? — apressou-se em saber Abdul.

— Ela está demais! Continua segura às grades, dançando com o ventre. O mamífero está nos seus pés, de boca aberta...

— Shiii. Silêncio! — ordenou Ali Gato.

Paguá teria de usar de toda a sua experiência e mais alguma que aprendera lendo *Como fazer sexo em dez lições*, do zoólogo Tracy Usinger. O humano ardia de desejo e por isso mesmo todo cuidado era pouco. Um gesto desastrado poderia botar tudo a perder. Apesar de parecer inteiro, o sr. K. Y. W. beirava os cinquenta anos e os atrasados humanos não eram como os crocodilianos que, quanto mais velhos, mais potentes e dispostos sexualmente.

— Acho que ela vai conseguir — alertou Ali Gato, olho grudado na fechadura. — Ela vai conseguir! Vai... vai... mais um pouquinho... não deixa ele parar... vai... Por Alá! Ela conseguiu! Conseguiu!

Um uivo cavo e profundo ressoou por todo o Pantanal.

## 19

Às oito horas da manhã Casé estava pronto no Columbus Circle, entrada principal do Central Park, à espera do primo, que apareceu somente às 9h30min desembarcando de uma vistosa carruagem. O jacaré tupiniquim não dissimulou seu espanto diante da chegada do aligator primeiro-mundista:

— Parece o rei dos crocodilianos... é sua?

— É de aluguel. Peguei uma carona com o velho Joe, que vive me pedindo para tirar essa fantasia. Quer ser o primeiro a ver meu verdadeiro rosto.

— Tem tanta gente curiosa. Algum dia vão tirar sua "roupa" à força...

— Antes disso eu os surpreenderei. Um amigo de Hollywood fez uma cobertura de ser humano para mim que tem até cabelo no peito!

— Gostaria muito de vê-lo fantasiado de mamífero pensante.

— Você vai ver...

Os dois prosseguiram a conversa caminhando lentamente pela avenida Central Park West. Casé contou-lhe da noite: não poderia ter sido melhor. Passeara pelo parque, assistira a uma apresentação de teatro ao ar livre, dera um *show* na pista de patinação (era um de seus números de circo), circulara pelo zoo e como não podia deixar de ser encontrara um brasileiro, um cágado do rio Negro, trabalhando de boleiro nas quadras de tênis (brasileiro no exterior tinha de se virar). Terminara a noite num dos lagos abraçado a uma jacaroa colombiana que entrara ilegal no país, como "mula" do Cartel de Medellín. A pobre fêmea enfrentava seu quinto cio sem companheiro.

— Quando me viu tirando a capa, o capacete e os óculos — prosseguiu Casé — gritou: "*Santa Madre de Dios!*" e veio com tudo para cima de mim aos berros de "*és un milagro! por Dios, un milagro!*".

Ninguém se aperta em Nova York, comentou Dilly desculpando-se pelo atraso. O encontro no apartamento de Batman, que não pretendia ir além de uma despretensiosa confraternização zoomórfica, recebera a inesperada visita dos tartarugas Ninja, com novas informações sobre a "Operação Esqueleto", que acabara transformando, madrugada adentro, o caráter da reunião.

— Fui obrigado a rever alguns horários do plano para que você não corra riscos, primo, e possa viajar à noite com a ossada do tiranossauro.

Casé sabia pouco, mostrou apreensão:

— Será que vai dar certo?

— Você tem alguma dúvida? Isso aqui é um país de profissionais. Temos solução para tudo. Não vê no cinema? — Dilly parou e apontou para o outro lado da rua. — Ali está o seu tesouro!

O jacaré girou a cabeça:

— Já chegamos? Tão perto assim? — Casé embaraçou-se. — Que fazemos? Vamos atravessar?

Dilly segurou-o pelo dianteiro.

— Calma — e provocou-o: — Você sabe como agir quando estiver lá dentro?

— Não, mas... bem, a gente entra, dá uma sacada e "arma" na hora.

— Tá vendo? É por isso que seu país não vai para a frente, primo. Todo mundo, seja anfíbio, reptil, mamífero, se julga gênio da improvisação. Sem planejamento vira tudo loteria. — O aligator fez uma pausa. — Agora vamos sentar para você saber dos detalhes da operação. Ok?

Àquela hora, final da manhã, o bar do hotel Algonquin respirava uma adequada tranquilidade. Encerrava-se o horário do *breakfast* e apenas um antigo frequentador tomava seu "chafé" a um canto, conferindo os páreos das corridas de cavalo de Long Island. Dilly pediu dois *brandies*.

— Ainda acho que vocês deveriam montar o tiranossauro aqui. Há muito mais recursos. As peles dos seus conterrâneos estão todas aqui e na Europa. Além disso os brasileiros não têm *know-how* para fabricar dinossauros.

Casé saiu em defesa da categoria:

— Os reptis não são como os mamíferos pensantes brasileiros, primo. Neste projeto você pode confiar. Quem está à frente é um jabuti altamente capacitado, o professor Quelonius Monte. — E levou as garras à cabeça com saudades do companheiro.

— Que tipo de órgãos vocês vão usar?

— Os nossos. Somos os únicos que pertencemos à mesma classe e subclasse do tiranossauro. Mas na couraça estamos usando peles de todos os reptis. No dorso aproveitamos nosso couro e as placas de queratina dos quelônios, e, no ventre, escamas de lagarto e as placas ventrais dos ofídios. Estamos trabalhando muito com as cobras, elas mudam de pele várias vezes ao ano.

— Aqui poderíamos desenvolver em laboratório um único tipo de couraça, sem emendas...

Casé irritou-se com aquela permanente pretensão do americano:

— Aqui vocês poderiam desenvolver um dinossauro com um computador na cabeça, mas... e depois? Ele iria escapar, como aconteceu com o King-Kong e se pendurar no Empire State?

A garçonete passou limpando as mesas:

— Dilly, pelo visto você dormiu hoje com a fantasia!

O americano inventou uma resposta qualquer dizendo que chegara em casa tão cansado que não tivera forças para trocá-la pelo pijama. A velha afastou-se em sua tarefa, Dilly debruçou-se sobre a mesa e expôs o plano a Casé:

— Preste atenção: o museu fecha às 16h45min. Nós vamos entrar às 15h56min e dar uma olhada como se fôssemos turistas ou paleontólogos; às 16h16min procuramos um local para nos escondermos e lá ficamos até o museu cerrar as portas. As 16h58min os vigias terminam a revista e vão para a sala da segurança. Às 17h01min então começamos a desmontar o esqueleto. Temos uma hora e oito minutos para isso. Até às 19h12min a ossada deve estar toda acondicionada nos contêineres. Não podemos nos atrasar nem um minuto sequer porque às 19h22min o caminhão estará estacionando na garagem de carga para recolher os volumes e levá-lo ao aeroporto. Seu avião sai às 22h09min. Entendeu tudo? Algum problema?

— Só um: não sei ver as horas. — Casé implicava com os pormenores do tempo: — E por que esses horários quebrados, primo?

— Porque nos Estados Unidos tempo é dinheiro e horário redondo é coisa de impontual e perdulário. Agora aguenta aí que preciso ir ao banheiro.

Casé permaneceu observando pelo vidro os mamíferos pensantes americanos movimentando-se pelas calçadas. Sentia falta dos comentários do professor. Não identificava nada que distinguisse os *humans* do seu equivalente brasileiro. Talvez o tamanho dos rádios portáteis. Com toda certeza eram seres da mesmíssima espécie, no entanto, pareciam mais determinados, mais desenvolvidos, formavam uma sociedade mais rica, melhor organizada.

A que se devia a diferença? Os humanos encontraram suas explicações, mas para Casé as razões antecediam a aparição dos mamíferos na Terra. Lembrou-se do professor Quelonius dizendo-lhe que os tiranossauros, os mais fortes e importantes reptis do Mesozoico, tinham vivido na América do Norte. Os dois esqueletos do Museu de História Natural haviam sido encontrados no Estado de Montana. Significava dizer que vem dessa época a superioridade das terras no Norte, quando os reptis carnívoros americanos subjugavam nossos ingênuos e herbívoros dinossauros cucarachos, entre eles o paulista Australossauro, cujos restos foram encontrados próximo a Bauru.

Casé pensava se a vantagem dos americanos não se originara nos reptis quando foi interrompido por um mamífero pensante perguntando se podia sentar-se à mesa.

— Desculpe, mas esse lugar é de um amigo que foi ao banheiro.

— Ele não voltará — respondeu o mamífero com voz metálica.

— Como sabe?

— Porque tirei a "fantasia" de aligator!

— Dilly!

O crocodiliano transmudara-se em ser humano. Uma transformação absoluta, completa, capaz de iludir a própria mãe. Cara larga e comprida, cabelos alourados ligeiramente cacheados caindo sobre as orelhas, nariz afilado e proeminente debruçado num bigode grosso, à mexicana, que escondia a cavidade da boca, meio murcha; o único elemento de acabamento duvidoso. Pela necessidade de esconder o focinho, Dilly fora obrigado a encostá-lo no pescoço (o mesmo gesto dos mamíferos quando levam o queixo ao peito) descartando a movimentação dos lábios da máscara e passando a falar "pelo orifício aberto na traqueia", como os humanos que perdiam as cordas vocais. De resto vestia blazer, camisa, camiseta, jeans, tênis e a tradicional capa para esconder o rabo.

— Não dava para ir de aligator — explicava Dilly. — Poderia ir normalmente a qualquer outro museu, ao Guggenheim, ao Metropolitan, ao Whitney, mas ao Museu de História Natural, onde estão nossos antepassados, se apareço "vestido" de crocodiliano não iam me deixar mais sair.

Casé o ouvia, atônito, os olhos reluzindo de encantamento com a mágica do primo. Tudo parecia de verdade, as mãos, com unhas malcuidadas, os cílios nas pálpebras, os pelos no interior das narinas, alguns dentes obturados, com certeza haveria até alguma cera nos ouvidos.

— Incrível — foi a única palavra que Casé conseguiu balbuciar, sem despregar os olhos de Dilly.

— Agora vamos ou nos atrasamos.

— Não é muito esforço manter o focinho sempre para baixo?

— Passei um cinto em volta do pescoço, amarrando a mandíbula.

A velha garçonete aproximou-se e Casé não se conteve:

— Reconhece esse moço?

— Nunca o vi aqui. Espera! Esses olhos esbugalhados... é Dilly? Dilly! Por Deus, como você é jovem... bonito! Por que vivia escondido atrás daquela fantasia horrorosa? Cheguei a pensar que você tivesse algum defeito físico. — A mulher admirava-o dos pés à cabeça. — Cadê a roupa de aligator? Não quer mais me dar? Tenho um sobrinho em Nova Orleans que ia adorar sair com ela no carnaval.

— Joguei fora. Estava toda puída.

— Sua voz mudou, Dilly. A do aligator era melhor...

— Ninguém é perfeito — brincou o americano, deixando algumas moedas do troco sobre a mesa.

Casé e Dilly chegaram no Museu de História Natural às 15h57min — o aligator coxeava caminhando de tênis — determinados a cumprir todas as etapas do plano. Evidente que a realidade não se mostrou tão simples quanto parecia na boca do americano.

Logo à entrada Casé comprou uma estampa do tiranossauro na loja de *souvenirs*. Queria conhecê-lo melhor, reconhecer as alterações no novo modelo: a gravura que o professor Quelonius exibira na reunião da ARMOPA era muito antiga, pouco nítida, mais parecia uma foto de época.

— É esse o bicho?

— Só que ele está sem casca no salão.

— Cara de poucos amigos, han?

Sem noção de escala, o jacaré comentou que uma hora e oito minutos seria tempo demais para o desmonte do esqueleto. Ao entrar no Salão dos Dinossauros, porém, e dar de cara com o bicho reconstituído em centenas de ossos que se superpunham a uma altura de seis metros, Casé desconfiou que dez horas não seriam suficientes para concluir sua missão. Aquilo era tarefa para adeptos do jogo de palitos chineses.

— É impossível, Dilly. Quando eu tirar um ossinho do dedo mindinho, essa merda vai despencar toda no chão.

— Fique frio, primo. Lembre-se de que isso aqui não é um país de amadores. Tenho comigo todas as fases do processo de retirada dos ossos. Vamos começar pela cabeça e descer pela coluna vertebral. Sua atenção deve se concentrar nos ossos da cintura pélvica, onde está todo o equilíbrio do bicho. Veja... o ílio, o ísquio e o púbis.

Casé e Dilly giraram nos calcanhares (se é que etc. etc.) e foram em busca de um refúgio onde pudessem aguardar em segurança o fechamento do museu.

Eram 16h46min quando os passos firmes dos vigias se fizeram ouvir por todas as dependências do prédio. Dilly subiu no assento do vaso sanitário, evitando que os guardas vissem suas pernas no olhar de rotina que lançavam por debaixo das portas das cabines. O Museu de História Natural não impunha uma revista rigorosa. Apesar do seu incomparável acervo histórico, antropológico, não dispunha das preciosidades, expostas em outros museus, que aguçassem o apetite dos assaltantes. Dilly nem precisou prender a respiração.

O caso do jacaré tupiniquim foi mais dramático. O aligator havia considerado que os dois não deveriam se utilizar do mesmo tipo de esconderijo, argumentando que, se um deles fosse apanhado, os guardas abririam todas as portas das cabines sanitárias e acabariam por encontrar o outro. Dilly dizia conhecer a lógica da polícia americana. Assim, Casé escondeu a capa, o capacete e os óculos dentro de um marlim na sala de Ictiologia e se misturou aos peles-secas empalhados na Sala dos Reptis. Um disfarce perfeito para um crocodiliano, capaz de permanecer horas a fio imóvel, sem piscar um olho. Só que um zoólogo, trabalhando além da hora, ao atravessar a sala, botou os olhos em Casé e estranhou sua presença naquele cenário:

— Engraçado — comentou com o assistente —, não me lembro de ter visto antes esse crocodiliano.

— Também não. Tipo estranho. Não o classificaria como um aligator.

Casé, de olhos fechados, ouvia o diálogo, arrependido por nunca ter abraçado uma seita, uma religião qualquer. Ali Gato em seu lugar invocaria Alá e a essa altura os dois já teriam sido enxotados para casa.

— Está me parecendo um... um... como é mesmo o nome daqueles crocodilianos do Terceiro Mundo?

— Caimã! Pode ser um caimã... ou como chamam lá no Brasil "jakarré".

— É um caimã, claro! Mas, curioso... não tem etiqueta de identificação.

Casé irritou-se ao pensar que o sabichão do Dilly esquecera-se de lhe dar um crachá. Não aguentava mais aquela conversa.

— Por que não o levamos à sala de taxidermia para abri-lo e examiná-lo melhor?

Casé contraiu os músculos e armou o bote. Decidiu que, se aqueles mamíferos miseráveis lhe encostassem o dedo, daria um salto mortal e botaria a sala abaixo.

— Agora? Não tem ninguém aí para levá-lo e eu marquei teatro com minha mulher. Amanhã a gente faz isso — e foi saindo.

— Ele foi muito bem empalhado — comentou o outro, acompanhando-o. — Chega a dar a impressão de estar vivo.

Às 19h31min o último dos vinte caixotes embarcava no caminhão, levado por Casé, Dilly e dois dos tartarugas Ninja, Rafael e Leonardo. Os crocodilianos sentaram-se na boleia ao lado do motorista Michelangelo, outro Ninja, e seguiram para o aeroporto onde os aguardava um avião Hércules com um falso emblema da Cruz Vermelha Internacional, pintado na fuselagem. No caminho, o aligator apresentou o primo ao Ninja.

— Nunca ouviu falar dele? — Casé fez que não com a cabeça. — É gente nossa. Reptil também!

— É mesmo? — O jacaré estava exausto. — De que ordem?

— Quelônios — respondeu Dilly. — Será que não dá para perceber pela carapaça?

— Pensei que fosse mamífero fantasiado. Nunca vi uma tartaruga bípede!

— Um tartaruga — corrigiu Michelangelo. — Tomamos um banho de radioatividade e nos tornamos seres inteligentes.

— O que você quer dizer com "inteligentes"? — voltou Casé. — Pensam igual aos humanos? Meus pêsames!

Casé definitivamente não simpatizou com aqueles tartarugas renegados que traíam suas origens e se orgulhavam de se parecerem com mamíferos pensantes. Deu um bocejo (se é que jacaré boceja) e cochilou o resto da viagem.

O caminhão parou na ala de cargas, onde Donatelo, o quarto Ninja, já os esperava com a documentação necessária para embarcar os contêineres. Casé e Dilly dirigiram-se à alfândega e os policiais abriram e examinaram volume por volume:

— Só ossos?

— Sim, só ossos. Auxílio humanitário para os cachorros do Brasil que estão morrendo de fome.

O policial deixou-os passar, desejando boa viagem e os primos se despediram na pista enquanto o avião acionava os motores.

— Tratem de montar o bicho o mais rápido possível, primo, porque este roubo vai se transformar num escândalo nacional e o FBI vai sair atrás...

— Obrigado, Dilly, e dá um beijo na titia. Quando quiser, apareça lá na Grande Curva do Taquari.

Abraçaram-se, emocionados, Casé subiu, a porta fechou-se e o avião levantou voo. A conduzi-lo, o Ninja Michelangelo.

— Vamos jogar esses contêineres de paraquedas.

— Negativo — chiou Casé. — Americano só tem pontaria em filme de bangue-bangue. O conteúdo é frágil. Vamos aterrissar...

— Tem alguma pista no Pantanal?

— Se tem? O que não falta no Pantanal são pistas... clandestinas.

# 20

Passaram-se dois meses e meio sem que o Pantanal tivesse o ritmo de sua respiração alterado por alguma nova forma de agressão: um recorde. Depois do choque provocado pelo início da construção, as obras do Greenwood incorporaram-se como um elemento a mais, ao lado de coureiros, garimpeiros, caçadores, contrabandistas, às atividades de rotina que contribuíam para desestabilizar a Natureza.

Na Grande Curva do Taquari, especificamente, a bicharada parou de dar sopa para o azar e parecia ter tirado férias coletivas. De visível apenas a revoada de algumas aves aquáticas. O resto — peixes, anfíbios, reptis, mamíferos — mantinha-se recolhido, acumulando expectativas em torno do projeto que o professor Quelonius e sua equipe desenvolviam no galpão montado junto ao tronco seco da piúna. A ARMOPA estivera por todo esse tempo em recesso, para que seus conselheiros e associados permanecessem colaborando na recriação do saudoso antepassado.

Quelonius trabalhava somente com os reptis, que àquela altura dividiam-se em quatro frentes. Os ágeis sinimbus-costureiros, que cosiam as peles sob orientação de Anita, a lagartixa; jabutis, cágados, tartarugas, mais lentos e minuciosos, faziam o controle de qualidade dos órgãos, preparando-se para os implantes; os ofídios na Seção de Veias & Artérias, aproveitando-se de suas afiadas presas para desembaraçá-las, cortá-las, emendá-las de acordo com as medidas fornecidas pela supervisora, a jacaroa Jacira. Os crocodilianos obedeciam à voz de comando de Casé na montagem do esqueleto.

— Tá errado! — berrava o jacaré do chão, vendo as plantas, para o companheiro em cima da escada colocando o crânio do tiranossauro. — Tá errado! Inverta essa saliência occipital que é ela que liga a cabeça à coluna. Vai com cuidado que só tem essa!

O departamento de Casé era o único que trabalhava no limite, sem peças sobressalentes. A fratura de uma vértebra, que fosse, exigiria uma demorada produção artesanal. As vértebras do tiranossauro seguiam um modelo antigo — extremidades achatadas — que havia milênios desaparecera do mercado. Só a partir do final do Mesozoico é que os dinossauros saurisquianos começaram a nascer com vértebras opistocélicas — um avanço na aerodinâmica dos bichos — que depois se popularizaram entre os reptis.

O jacaré jamais saberia o significado de uma "saliência occipital", não tivesse lido na planta. Casé, no entanto, empenhava-se em chamar os ossos e cartilagens pelos verdadeiros nomes, aquilo o levava a sentir-se mais importante e respeitado. Também não parava de bufar com a qualidade da mão de obra. Entendia que estavam todos envolvidos numa experiência nova e revolucionária. Claro, ainda eram todos amadores dedicando-se ao trabalho, espontânea e voluntariamente, mas se tivessem de repetir duas, três vezes cada tarefa — como acabara de acontecer —, o bicho não ficaria pronto nem para o primeiro aniversário do *shopping*. Quelonius o advertira de que não poderia haver um dente fora do lugar ou eles se arriscavam a criar outro animal, desconhecido, sobre o qual não teriam controle.

— Se errarmos a pata e vier um estegossauro, um ceratossauro, ainda poderemos dominá-lo. Mas se aparecer uma fera que não esteja nos catálogos?

O professor agitava-se a uma velocidade surpreendente para um jabuti. Como em todo ambiente de trabalho, onde as fofocas corriam soltas, já rolava no galpão o papo de que o velho quelônio andava tomando anabolizantes. Ia e vinha sobre a mesa, comprida, coberta de desenhos, croquis, representações gráficas, dando ordens, refazendo cálculos, analisando amostras e controlando o recebimento do material com Croc, encarregado do setor.

— Acabaram de chegar três pulmões, professor. Novinhos em folha.

— Já temos pulmões demais. Peça ao pessoal para trazer um aparelho reprodutor. O que temos aí no estoque parece que está dando defeito.

— Aparelho reprodutor para quê? Ele não terá uma fêmea.

— Não é por isso que vamos criar um tiranossauro eunuco!

As dúvidas e contribuições cruzavam o galpão, exigindo constantes intervenções do professor.

— São quantos hemisférios cerebrais no encéfalo? — indagava a tartaruga.

— Dois. Tá escrito aí — respondia o jabuti. — E não se esqueçam dos lobos óticos atrás deles.

— O bicho já tem nome, professor? — perguntava Anita.

— Ainda não pensamos nisso.

— Quando pensar me avisa que os sinimbus querem bordar um monograma na pele.

Um humano que visse o corre-corre à volta daquele bicho gigantesco associaria a cena à montagem de um avião jumbo. Pelo menos duas centenas de reptis empenhavam-se no projeto, fora os grupos que percorriam a região à cata de "peças" de animais recém-falecidos. A curiosidade dos bichos da Grande Curva era tanta que Croc se viu obrigado a destacar duas sucuris para trabalharem como seguranças. A todo instante havia grupinhos do lado de fora, bisbilhotando, querendo saber o que acontecia lá dentro.

— Posso dar uma olhadinha? — pediu o jacaré-muçul.

O camaleão-camelô que entrava arrastando uns cascos de quelônios respondeu:

— Fala com a sucuri ali.

— O bicho já está ficando pronto?

— Ainda falta. — O camaleão assumiu ares de pai do tiranossauro. — Agora é que nós vamos completar a coluna vertebral.

Algumas etapas da montagem atraíam a atenção de todos. O galpão inteiro parou para assistir à colocação da segunda metade da coluna que se estendia até a ponta do rabo.

— Cuidado! Cuidado! — gritava Casé. — A coluna é o eixo do bicho. Se ficar torta, vamos ter problemas com as costelas e a cintura pélvica. Muita calma!

Os crocodilianos de Casé pressionaram daqui, ajustaram dali e desta vez acertaram de primeira. A coluna desceu encaixada a partir da cintura peitoral, um belo trabalho. A tensão que percorria o galpão logo se dissolveu em aplausos. O tiranossauro começava a se definir.

— Muito bem — tornou a gritar Casé. — Vamos fazer um intervalo de uma hora!

O jabuti chamou o jacaré à sua mesa, parabenizou-o e colocou uma questão quanto às patas dianteiras do dinossauro, atrofiadas, muito pequenas, "suspeita-se que sem funções". O professor estava pensando em ousar, contrariando suas próprias orientações: enxertar um osso que as tornassem mais compridas e funcionais. Que você acha? Casé não achava nada. Não era o crocodiliano mais indicado para opinar nessa área. Jacira, porém, que se aproximara, tinha opinião formada:

— Sou contra, professor! O bicho deve ser uma cópia fiel do modelo original. Escolhemos o tiranossauro porque é bípede. Quem assegura que continuará a sê-lo com as patas dianteiras mais compridas?

— Sem falar nos problemas de coluna... — aventurou-se Casé.

Quelonius pareceu concordar e aproveitou para anunciar que somente na última fase da reconstituição o sangue entraria em circulação e o coração seria implantado. Jacira convidou Casé para comerem alguma coisa:

— Gosta de moluscos? Tem um lugar aqui perto onde se comem ótimos moluscos.

— Pra mim tudo bem. Como de tudo.

Os dois caminhavam pela mata, Casé rastejando ao lado da jacaroa, que era assim que ele andava quando a vida não lhe impunha a postura ereta. Resolvido o "restaurante", Jacira tomou a iniciativa:

— Pensei que não fôssemos conversar nunca mais. Desde que você voltou de Nova York não trocamos mais do que meia dúzia de palavras.

— Não tem havido tempo para conversa fiada...

Casé permanecia rijo como seu couro. Ainda se recordava do quanto se enchera com a conversa no dia de sua viagem para os Estados Unidos. Jacira absorveu o golpe e voltou macia.

— Que você chama de conversa fiada?

— Ora, Jacira, você sabe...

— Às vezes penso que você só está interessado no meu cio. Não podemos falar de outras coisas?

Casé foi firme:

— Depois. Antes precisamos saber — usou de metáfora — se nos entendemos dentro d'água.

— Não podemos nos entender em terra firme e depois...?

— Lá vem você de novo com essas ideias exóticas dos mamíferos pensantes. Somos animais epidérmicos, Jacira. Se nossas peles se atraem não há por que ficar nesse lero-lero dos humanos. Aliás, se você quer saber, há muitos hominídeos que gostariam de ser como nós.

Jacira evitava entrar no jogo do jacaré:

— Não podemos ser amigos?

— Minha atração por você vai além da amizade.

Jacira tomou fôlego e pela primeira vez foi explícita:

— Também acho você muito interessante. Só não quero ser mais uma...

— É isso que chamo de conversa fiada — atropelou Casé.

Antes que se rompesse o tênue equilíbrio que os mantinha juntos, ali, Jacira tratou de dar uma volta na conversa:

— Sua amiguinha Paguá não apareceu nem um dia sequer para ajudar.

— Ela está no choco.

— São seus?

— Até que não seria mal, se fossem...

— Cabotino! — Jacira falou e sorriu, para amenizar.

A conversa entre os dois não conseguia deslizar suave. Para qualquer lado que dirigissem o papo, acabavam sobre um terreno minado onde uma palavra mal colocada poderia levar tudo pelos ares.

— Que tal se falarmos de moluscos? — sugeriu Casé.

— Ali Gato também sumiu. — Jacira insistia em alfinetar o jacaré. — Estou com saudades do muçulmano.

Casé andava de bem com a vida, feliz com o trabalho no galpão, não estava a fim de se aborrecer.

— Ouvi dizer que ele continua em Meca. — Parou à beira do aguapé. — Vamos comer umas ostras de entrada?

Ali Gato continuava recluso, aguardando que Paguá e a Natureza completassem sua obra. Esperar era o que lhe restava e o muçulmano, como bom xiita, sabia fazê-lo: há séculos eles esperavam pelo retorno do último imã que desaparecera no ano 878, mas continuava vivo por aí. Ali Gato consumia seus dias orando e dedicando-se à leitura do Corão. Não o incomodava à mínima viver escondido. Os xiitas se disciplinaram nas perseguições que por centenas de anos lhes moveram os califas ortodoxos. De vez em quando jogava xadrez com seu refém, que amenizava as preocupações pela chegada do terceiro filho (tinha duas moças) lendo sobre hábitos e costumes dos crocodilianos.

A expectativa de Ali Gato crescia à medida que se aproximava o momento da eclosão dos ovos de Paguá. Enchia-o de satisfação as suspeitas de que o projeto do professor Quelonius tinha pernas curtas. O xiita acompanhava a evolução dos seus concorrentes não muito longe dali. Havia sempre um de seus muçulmanos plantado à entrada do galpão colhendo informações sobre a "construção" do tiranossauro.

— Chefe — Abdul surgia esbaforido. — Eles já estão começando a montar as patas do bicho.

Ali Gato não se abalava:

— Bom para eles.

— Eles vão chegar na nossa frente!

— Mas não vão longe, Abdul. É um projeto artificial, inconsistente, muito diferente do nosso. Esse bicho tem seus dias contados. Ele não resiste ao poder de fogo dos humanos. Deixa ele ir na frente. Enquanto isso nossos jacaromens estarão crescendo e se preparando...

— Mas não estarão prontos na inauguração do *shopping*, chefe.

— E quem falou nisso? Por Alá, Abdul, deixe de pensar pequeno. Vamos destruir esse *shopping* mais cedo ou mais tarde. Talvez ele se destrua sozinho. Mas meus planos vão muito além. Não é para acabar com um pobre centro comercial dos humanos que estou desenvolvendo os jacaromens. Esse é um projeto para a eternidade. — E perguntou de chofre: — Como está Paguá?

— Ansiosa... final de gestação, o senhor sabe...

A jacaroa-coroa armara seu ninho a uns duzentos metros do esconderijo. Ali Gato a queria mais próxima, mas Paguá não "abriu pata" de fazê-lo onde bem entendesse e o muçulmano respeitou sua decisão. Entre os crocodilianos não se contrariam as vontades de uma fêmea no choco.

— Quero um dos nossos reptis permanentemente ao seu lado.

— Ela está muito nervosa, chefe. Não deixa ninguém se aproximar.

— Mantenha-o à espreita. Os jacaromens podem nascer a qualquer momento.

»

Paguá trazia os nervos à flor da pele seca e tinha um punhado de razões para isso, além dos naturais desajustes ocasionados pela "gravidez". Não fazia a menor ideia da espécie de animal que sairia dos seus ovos. Segundo Ali Gato, que chegara a lhe mostrar um desenho, ele teria a aparência de um mamífero pensante com a pele coriácea dos crocodilianos, membranas natatórias entre os dedos dos pés e uma boca nem tão avantajada quanto a dos jacarés, nem tão minúscula como a dos hominídeos. O bebê já viria ao mundo com os dentinhos em formação.

Paguá apavorava-se com a antevisão do espécime, um horror do ponto de vista da estética crocodiliana. Nada podia ser mais feio do que um mamífero pensante. Esforçava-se, no entanto, para se convencer, como lhe dissera o muçulmano, de que tudo não passava de uma visão cultural. Se os jacaromens existissem desde os primórdios, argumentava ele, estaríamos tão acostumados à sua figura que talvez os achássemos mais bonitos do que nós, crocodilianos.

Agravava seu "estado de nervos" o fato de Paguá não encontrar mais encantos na maternidade. Para ela, que havia quase 10 anos vinha povoando o Pantanal e contribuindo para que os jacarés não entrassem na lista dos dez menos, ser mãe não provocava qualquer emoção especial. Mesmo a possibilidade de vir a ser mãe de algo diferente não mudava o dia a dia exaustivo da nidificação e da incubação. Era um trabalho dos diabos procurar um local perto da água, escavá-lo sozinha, juntar húmus, folhas, gravetos, capim seco para depois construir o ninho em camadas.

— Nunca mais — reclamava, deixando o ninho para chocar os ovos com os olhos, a distância.

Algumas jacaroas abandonavam o local e só reapareciam quando os filhotes estavam para nascer. Paguá, no entanto, achava uma maldade deixar os ovos entregues ao apetite dos predadores, que não eram poucos e não arredavam as patas da área. Seu período de incubação oscilava entre 60 e 75 dias, mas nesse ano, para agravar sua impaciência, as temperaturas da região mantiveram-se mais amenas e ela já entrara no 80º dia sem que os filhotes dessem sinal de vida. A eclosão dos ovos variava de 60 a 90 dias, dependendo da temperatura: quanto mais alta, mais curto o tempo de gestação.

— Juro que foi meu último choco! — prosseguia ela, reclamando. — Mês que vem vou ligar as trompas!

A idade não assustava a jacaroa-coroa. As fêmeas dos crocodilianos, ao contrário do que ocorria com as dos mamíferos pensantes, quanto mais velhas, mais preparadas para o acasalamento e a reprodução. As jacaroas morriam de velhice sobre os ninhos. Na primeira postura, Paguá, muito nova, lembrava de ter botado 18 ovos. A quantidade fora aumentando até chegar a 42 na postura anterior à atual, que tinha ficado em 10 ovos, um número tido como excelente pelo muçulmano, considerando-se a excepcionalidade das circunstâncias. Na realidade foram 12: Paguá perdera dois que rolaram para fora do ninho e ela os perfurara tentando recolocá-los para dentro com a boca, sozinha.

— Esses machos miseráveis são incapazes de ajudar! Só querem sol e água morna.

Os machos não estavam nem aí. Chegavam, passavam sua conversa, encostavam a cloaca, sentiam seu minuto de prazer e depois "tchau, tchau, que tenho um harém inteiro para satisfazer". Era verdade que nesse caso o macho não se achava em condições de cavar buraco, enterrar os ovos, manter a guarda. Mas se Ali Gato soltasse o mamífero pensante, ele iria ajudá-la? Na conversa sobre filhos com a americana que lhe dera a peruca, Paguá ficara sabendo que os mamíferos eram bem mais solidários que os reptis, nessas ocasiões. Poupavam as fêmeas dando remédio aos filhotes, trocando-lhes as fraldas, embalando-os quando abriam o berreiro no meio da noite. Paguá não vira muita vantagem nisso: os reptis não ficavam doentes (duzentos milhões de anos fora tempo suficiente para desenvolver suas defesas); não se estendiam em choradeiras intermináveis e já tinham vencido esse estágio de limpar o cocô das crias.

— Saco! — gemeu ela. — Como cansa minha beleza!

Depois da eclosão ainda viriam mais seis meses de cuidados. A jacaroa sentia calafrios só de pensar. Por um desses inexplicáveis fenômenos, os crocodilianos eram os únicos animais cujas mães permaneciam ao lado dos filhos por tanto tempo depois de nascidos. Por aí cientistas e estudiosos explicavam a permanência dos crocodilianos, após milhões de anos, e o desaparecimento dos seus primos, grandes reptis, que, abandonando os filhos recém-nascidos, deixavam-nos à mercê dos predadores.

Paguá percebeu um quati rondando os ovos e voou em cima dele:

— Sai! Sai que isso aqui não é comida de mamífero!

A jacaroa respirou fundo e olhou para o ninho, ou murundu, como diziam no Pantanal, com a aflição de quem havia chegado ao limite de suas possibilidades. De repente, como que tendo tomado uma decisão, enfiou o focinho por baixo da palha, da areia, do material usado na nidificação e num acesso começou a respirar e inspirar violentamente, destruindo o ninho e quebrando os ovos. O muçulmano de tocaia correu a avisar Ali Gato.

— Chefe... a Paguá parece que pirou. Está desbaratando com tudo!

Ali Gato se despencou com Abdul e os outros e só encontrou destroços, como se o murundu tivesse sido atingido pelo olho de um furacão. O muçulmano debruçou-se sobre as bordas do ninho e viu lá no fundo, misturado às cascas dos ovos, um único filhote. Inclinou-se, pegou-o com a boca e trouxe-o à superfície. Percebeu então que se tratava de um filhote de jacaré idêntico aos outros, com um único detalhe a distingui-lo: os olhos azuis.

# 21

Ali Gato custava a crer no que via: um filhote de jacaré rigorosamente igual a todos os filhotes de jacaré. Observava o animalzinho de pouco mais de vinte centímetros de comprimento, virando-o, revirando-o, à procura de um sinal, um mísero sinal que o identificasse com os jacaromens.

— Eu falhei! — lamentava-se aos berros enquanto rodopiava o jacarezinho. — Eu falhei! Que Alá seja misericordioso! Eu não podia ter falhado! Que Maomé, Seu Mensageiro, não me lance ao fogo do inferno!

Prosternando-se, Ali Gato subia e descia num movimento em mola, erguendo os braços aos céus no estilo veemente dos xiitas, recitando a *chahada*, a profissão de fé islâmica, num tom lamuriento. Estava à beira de um autoflagelo. Ao seu lado Abdul exibia todos os dentes, radiante, olhando fixo para o jacarezinho que tinha sua cara.

— Chefe, deixe-me pegá-lo um pouco...

Abdul estendia as garras, mas Ali Gato não o entregava e continuava rolando-o entre os dedos, suplicando por perdão numa cantilena sofrida que parecia não ter fim.

— Deixe-me pegá-lo, chefe. Só um pouquinho. Precisamos levá-lo até a água.

— Ó meu Deus Onipotente, perdoai este servo que só quis fazer o melhor! Não me entregue aos exércitos de Iblis! Alá é meu Deus e Maomé o seu profeta! Por que falhei, Abdul?

O lugar-tenente tinha lá suas suspeitas, mas não achava conveniente revelá-las. Abdul experimentava sentimentos opostos aos do seu chefe. A bem dizer, só faltava babar de satisfação, admirando seu primeiro rebento.

— Chefe, deixe-me levá-lo até o aguapé ou ele vai morrer.

— Que morra! — Ali Gato atirou o filhote por cima do dorso. — Ele não serve para nada!

Abdul apressou-se em recolher o filhote, acariciando-o e retirando a areia que encobria seu corpo, fazendo-o parecer-se com um "galeto" de jacaré à milanesa.

— Não fale assim, chefe — reagiu Abdul levando o filho para a água. — O bichinho, pobrezinho, não tem culpa de nada.

Ali Gato percebeu que estava se excedendo e tratou de recuperar a serenidade. Os xiitas possuíam uma autodisciplina férrea. Transtornado, como estava, o muçulmano não conseguiria a clareza necessária para refletir sobre as razões do insucesso. Abdul aproximou-se e mostrou o filhote:

— Veja, chefe, até que ele é bonitinho. — O muçulmano lançou um olhar de estranheza para o assessor. — Tem os mesmos olhos azuis do sr. K. Y. W.

Só então Ali Gato despertou para a semelhança. Não que não tivesse notado antes, mas sob o impacto do fracasso, considerara os olhos azuis do jacarezinho como uma mutação nociva, uma deficiência genética, sem associá-los à cor do mamífero pensante. Foi como se Ali Gato tivesse visto a luz.

— Tem razão, Abdul. — O xiita olhava fixo nos olhos do filhote. — Por Alá, não foi tão mal assim! Alguma coisa deu certo nas combinações cromossômicas. Talvez o processo seja mais lento. Quantos milhares de anos levamos para evoluir dos anfíbios? Talvez tenhamos que avançar por etapas. Mas é verdade, estamos no caminho certo!

Abdul, cheio de si, deu uma olhadela para o filho no seu colo, esperando que ele se sentisse orgulhoso do pai pela observação que mudara a cabeça do chefe e com certeza faria com que valorizasse mais a vida do jacarezinho.

— Acho que o senhor não deve desistir, chefe.

— Claro que não, estamos apenas começando. Vamos partir imediatamente para uma nova tentativa. Cadê Paguá?

A jacaroa-coroa descansava, solitária, às margens do corixo dos Perdidos. A cabeça movia-se tal uma montanha-russa sem rumo, impulsionada por uma sensação de inutilidade, um sentimento de frustração e uma porção de dúvidas quanto à sua fertilidade. Quase três meses de dedicação integral num isolamento monástico, debaixo de uma faina exaustiva, para nada, absolutamente nada. Desconhecia de quem era a culpa: sua, de Abdul, do mamífero pensante, de Ali Gato, mas fosse de quem fosse, restaram para ela as piores emoções daquela experiência malsucedida.

— Parabéns, Paguá. — A jacaroa abriu o olho e viu o xiita ao seu lado. — Você foi excelente!

Paguá imaginou estar sonhando. Podia não ter sido a grande culpada, mas não fazia sentido que Ali Gato estivesse ali saudando-a por ter chocado dez ovos vazios. Ou os jacaromens seriam invisíveis? Tateando no escuro, sem saber o que dizer, Paguá limitou-se a perguntar:

— Tudo certo?

— Quase tudo. — Ali Gato revelava-se de uma simpatia desconhecida. — Não obtivemos o resultado almejado, mas o exemplar que nasceu já representou um avanço para o nosso projeto. Digamos que demos o primeiro passo.

— Nasceu alguma coisa?

— Você não sabia?

Podia parecer esquisito uma mãe desconhecer o nascimento do próprio filho, mas depois do desesperado quebra-quebra que promovera no ninho, Paguá não ficara para conferir os ovos. Ali Gato contou-lhe que aparentemente nascera um crocodiliano legítimo com um único elemento do mamífero pensante.

— Sinto muito — murmurou Paguá.

— Você não tem culpa nenhuma. Fez o melhor que pôde. A responsabilidade é só minha. Não devo ter lhe injetado a solução química na proporção correta para emparelhar os cromossomos. Mas nós vamos corrigir isso na próxima tentativa.

— Próxima... o quê? — Paguá contraiu até o céu da boca.

— Foi sobre isso que vim falar com você. Acho que começamos tão bem que não faz sentido pararmos agora. Gostaria que reservasse seu próximo cio para...

A jacaroa nem esperou que ele concluísse a frase:

— Não há quem me faça! Tá pra nascer!

— Como não? Fizemos um acordo.

— E eu já cumpri o acordo. — Paguá saíra da inércia e retomara seu jeito desbocado. — Não combinamos que eu deveria ficar abrindo as pernas praquele mamífero até você encontrar sua fórmula.

Ali Gato tentou outro argumento:

— Sendo assim você não tem direito ao rabo postiço.

— Acho que tenho sim senhor, mas, se você não pensa assim, eu lhe digo o que fazer. Enfie o rabo no rabo!

Ali Gato preferiu fingir que não havia escutado. Concedia, em nome de interesses mais elevados.

— Pense bem, Paguá. Não precisa responder agora. Você tem até o próximo cio para decidir. Pense no futuro da reptilidade, dos nossos filhos...

— Você não vai me levar nessa conversa, muçulmano. Tô fora. Terminantemente fora! Por que não procura outra? Existem tantas jacaroas por aí loucas por novas experiências.

Ali Gato baixou os olhos e permaneceu algum tempo em silêncio como que ruminando algo, um plano, uma resposta, talvez a própria raiva.

— Não vou forçá-la, mas, por Alá — olhou-a ameaçador —, você vai se arrepender amargamente desta decisão.

***

Abdul não sabia por onde começar. Não sabia se começava apresentando o filho (a boa-nova) ou se informava das intenções de Ali Gato (a má notícia). Preferiu exibir o fruto do encontro dos dois:

— Não é uma gracinha?

A jacaroa não viu nada de especial, mas não lhe custava concordar.

— Já o levou para o primeiro mergulho? — falou como se fosse uma tia distante.

— Ele abriu a maior choradeira — Abdul segredou. — Acho que não gosta de água.

Um jacaré que resistisse à água seria como um urubu com medo de altura. Paguá fez a pergunta que cabia:

— Ele sobe em árvore?

— Ainda não sei, mas ele me parece meio estranho.

— Não me admira. O resultado de uma experiência dessas não pode ser bom dos miolos. Espero que ao crescer tome gosto pela água ou será melhor entrar para um convento.

Abdul implorou a Paguá que fosse discreta quanto às excentricidades do júnior. A bicharada do Pantanal era muito fofoqueira. Paguá admitiu seu desinteresse em divulgar o nascimento de um filho que detestava se molhar.

— Você não o trouxe para deixá-lo comigo? — Abdul balançou a cabeça negativamente. — Ah bom! Não tenho mais paciência para ficar cuidando de "criança".

— Só quero que você me oriente quanto à alimentação. Ontem ele acabou de digerir o saco vitelínico.

— Pode dar insetos, pequenos peixes, um pouco de carne moída, se você conseguir. Preste atenção nas preferências dele. Como é meio esquisitão, talvez prefira comida macrobiótica ou leite desnatado.

A jacaroa aproveitou o embalo para fazer algumas recomendações baseadas na sua larga experiência com filhos. Abdul não deveria tirar os olhos dele nos primeiros 180 dias. Durante esse período filhotes eram muito visados por aves pernaltas, garças, tuiuiús e particularmente pelo gavião negro, um especialista em jacarezinhos.

— Depois de seis meses — concluiu ela — você pode deixá-lo ir à vida.

— Nem pensar! — Abdul apertou o bebê contra o peito. — Não vou largá-lo sozinho na violência desse Pantanal. É meu filho! Meu sangue! Me terá sempre ao seu lado!

— Então tá. — O que mais Paguá poderia dizer?

Abdul aconchegou o filhote sob o ventre e alertou Paguá para os propósitos homicidas de Ali Gato. O muçulmano chegara ao esconderijo espumando de ódio diante da recusa da jacaroa em continuar no projeto e anunciara que não iria deixá-la viva para que revelasse suas experiências.

— Não contei pra ninguém.

— Mas é melhor se cuidar. O chefe, você sabe, não é jacaré de voltar atrás em suas decisões.

O aviso de Abdul deixou Paguá preocupada:

— Que faço?

— Eu lhe digo: afaste-se, retire-se por algum tempo. Sei de um lugar, fora da Grande Curva, onde estará protegida. Vou levá-la até lá. Não gostaria que meu filho crescesse órfão de mãe.

Ali Gato encostou nas grades da cela, observou o *mister* por alguns segundos e comentou:

— Seu filho não se parece nada com você.

O presidente da Greenwood Enterprises reagiu com surpresa.

— Já nasceu?

— Puxou todinho à mãe. Seu, só tem os olhos.

K. Y. W. nem ouviu direito. Estava mais interessado no sexo.

— Menino ou menina?

— É macho!

O mamífero soltou um uivo carregado de alegria:

— Que legal! Queria tanto um filho homem!

— Ele não é homem!

— Você não acabou de dizer...?

Ali Gato abandonou o cinismo e falou sério:

— É um reptil, um jacaré, um crocodiliano autêntico, da melhor estirpe.

O mamífero coçou o cocuruto:

— Será que minha mulher vai entender?

— É melhor esquecê-lo. Não vai dar certo levá-lo para casa.

— Já posso sair?

— Ainda vai demorar um pouco. Como tentei lhe dizer, a experiência apresentou algumas falhas. Vamos ter que refazê-la.

O muçulmano pensou que o mamífero fosse xingar, se descabelar, chutar as grades. O sr. K. Y. W., no entanto, soltou outro uivo de alegria:

— Paguá! — Arregalou os olhos. — Ela já está aí?

— Paguá abandonou o projeto.

Aí o hominídeo se queimou:

— Então também abandono. Sem Paguá, nada feito!

— Vou lhe conseguir uma jacaroa muito melhor do que ela!

— Impossível! Não existe ninguém melhor do que Paguá. Quero ela! — exagerou. — Paguá é a jacaroa da minha vida!

Mais um problema para o muçulmano. No fundo ele também concordava que não havia ninguém que chegasse às patas de Paguá. Pior: percebia que sem ela o humano não encontraria motivação, e sem disposição para o acasalamento não havia projeto — não aquele — que fosse em frente.

— Está certo, vou tentar convencê-la — conciliou Ali Gato. — Mas por Alá! Fique ciente de que se ela não quiser você vai com outra de qualquer maneira!

O muçulmano retirou-se dando rabanadas nas paredes, convocou sua turma e deu a ordem:

— Tragam Paguá, imediatamente! Se ela resistir, amarrem-na e arrastem-na para cá.

— Não tenho visto ela — disfarçou Abdul. — Fui procurá-la para mostrar o filho mas me disseram que ela anda desaparecida.

— Nós vamos encontrá-la. — Ali Gato estava determinado. — Vasculhem a região, a Grande Curva, o Pantanal, vasculhem tudo. Vamos encontrar essa jacaroa desvairada nem que ela esteja nas profundezas de algum rio.

Os muçulmanos saíram em campo, dispersando-se pela região. Abdul entre eles simulou que ia procurá-la e foi direto ao galpão. Mandou chamar o presidente da ARMOPA, afinal o chefe supremo dos reptis.

— Croc, tenho algo para lhe contar.

## 22

O relato de Abdul causou o efeito de uma bateria de motosserras.

A assembleia extraordinária da ARMOPA, convocada às pressas, interrompendo por uma tarde os trabalhos no galpão, fervia de indignação ao tomar conhecimento do experimento pessoal e sub-reptício de Ali Gato. E olha que Croc não disse tudo. Com seu jeitão político e conciliador, omitiu o nome de Paguá, referindo-se genericamente "a uma jacaroa". A pedido de Abdul, omitiu também o nascimento do jacaré de olhos azuis, informando apenas que "a experiência científica não tinha dado certo". Evitou ainda denunciar a manutenção do *mister* em cativeiro e silenciou sobre o local do esconderijo ou os reptis mais exaltados — que não eram poucos — iriam atrás do muçulmano. A habilidade de Croc, enfim, equilibrou a exposição em cima de princípios.

Os reptis ouviram e foram com tudo na crítica ao personalismo de Ali Gato, logo ele, um islâmico de fortes convicções igualitárias e comunitárias. Desenvolver um projeto às escondidas, sem submetê-lo à apreciação da ARMOPA era um comportamento condenável, antidemocrático, que fazia por merecer uma severa punição. A revolta maior, no entanto, se dirigia aos objetivos finais da experiência, entendida como degenerada e imoral por pretender descaracterizar a espécie ao aspirar fundi-la com os mamíferos pensantes.

No meio do tiroteio verbal que perfurava a fala de Croc, Quelonius pediu uma questão de ordem — e quando o jabuti falava, todos ouviam — para colocar que até entendia a linha de raciocínio que conduziu Ali Gato aos jacaromens: juntar as duas classes "mais evoluídas". De alguma forma, em algum momento, os humanos desenvolveram-se dos reptis; reencontrá-los novamente para criar uma superclasse e dar continuidade à evolução tinha sua lógica de um ponto de vista mecanicista. Do ponto de vista biológico, genético e citológico, o projeto do muçulmano não passava de uma alucinação, prosseguiu Quelonius, entre outras razões porque espécies diferentes não produziam combinações gênicas satisfatórias.

Ninguém entendeu muito bem, mas todos aplaudiram e continuaram pedindo a cabeça de Ali Gato, pois como disse Anita, a lagartixa, "se ele imaginava que esses tais jacaromens iriam dominar os humanos, esqueceu-se de pensar que poderiam se insurgir também contra nós". Ali Gato foi condenado à prisão domiciliar e cassado nos seus direitos de ir e vir de dentro d'água, por falta de ética e violação de quatro artigos da Declaração dos Direitos Reptílicos.

Quelonius retirou-se antes de proferida a sentença. Precisava voltar ao trabalho. Mas assim que a multidão se dispersou, Croc chamou Casé a um canto para lhe revelar os detalhes que não tinham sido levados a público.

— Quando você falou na jacaroa que serviu de cobaia, não sei por que pensei na Paguá — Casé confirmava seu pressentimento.

— Ela está escondida. Ali Gato ameaçou-a de morte.

Casé passou os dedos nos escudos da nuca:

— E eu certo de que ele estava em Meca.

— Todos nós.

— A essa altura já deve estar sabendo da condenação.

Croc coçou o tapa-olho.

— Não creio. Não vi nenhum muçulmano na assembleia. Abdul me disse que eles estão correndo o Pantanal atrás de Paguá. Precisamos evitar que ele repita a experiência.

— E precisamos notificá-lo da sentença.

Croc suspendeu o tapa-olho e coçou o buraco:

— Deixa isso para depois. O mais importante agora é libertar o hominídeo. Se o muçulmano se sentir ameaçado poderá realmente jogá-lo às piranhas e aí os mamíferos pensantes vão fazer do Pantanal uma superfície lunar. Tem alguma ideia de como chegar a Ali Gato?

O cérebro de Casé não era dos mais inventivos:

— Só vejo uma: juntar um grupo de combate e tomar o refúgio de assalto.

Croc abanou o rabo:

— Vai dar uma confusão dos diabos. Soluções de força só em último caso. Sou um jacaré pacifista. Você não quer ir negociar com ele?

— Eu? Logo eu? — tornou-se explicativo. — Primeiro não tenho jeito nem paciência pra ficar nessa conversa mole, depois você sabe que o muçulmano nunca morreu de amores por mim. Vai você!

Croc ajeitou o corpo, assumindo certa solenidade:

— Não posso. Não fica bem para mim. Como presidente do órgão maior dos reptis tenho que manter uma equidistância dos confrontos.

Enquanto Croc saía da reta, Casé encontrou a solução:

— Já sei! Jacira! Ali Gato sempre teve uma quedinha por ela. Vamos mandar a Jacira!

Ao ouvir a senha, cinco batidas contínuas e duas espaçadas (Abdul contou tudo), Ali Gato abriu a porta e ao deparar com a jacaroa iluminou-se, como que ungido por Deus. Alá ouvira suas preces.

— Jacira! Você caiu do céu! Por Alá, por Ali, por Maomé, Jacira, você aqui!? Alá seja louvado!

Jacira continuou imóvel, paralisada pela recepção. Sabia que o muçulmano iria recebê-la com carinho, no mínimo com educação, mas jamais poderia supor boas-vindas tão efusivas. Sentiu-se uma enviada de Alá.

— Entre. Eu estava pensando em você. Quer dizer, estava pensando numa jacaroa e eis que me aparece você! Você, Jacira! — Olhou para cima. — Obrigado, meu bom Alá!

— Quer me explicar do que se trata?

— Depois. Antes quero que você conheça alguém. Sim, porque embora não saiba, você veio aqui para conhecer alguém. É o desígnio de Deus!

Antes de levá-la à sala ao lado, perguntou-lhe como soubera do local do esconderijo. Jacira mal abriu a boca para contar uma mentira e Ali Gato antecipou-se:

— Não importa. Foi Alá quem lhe mostrou o caminho.

O muçulmano apresentou-a ao mamífero pensante, por entre as barras, e Jacira cumprimentou-o reverenciosa ao sabê-lo presidente da Greenwood Enterprises. Até então só tinha tido contato direto, entre os humanos, com tratadores do zoo. Seus cacoetes hominídeos faziam-na valorizar esse tipo de coisas. Ali Gato piscou um olho cúmplice para o humano, voltou à sala de espera e explicou seu projeto a Jacira, não se esquecendo de frisar que, caso ela aceitasse participar, "entraria para a história como uma das maiores benfeitoras da reptilidade".

Jacira fingiu-se surpresa com o projeto. Já tinha tomado conhecimento dele, na assembleia e pelas informações de Croc. O que a jacaroa desconhecia era o interesse de Ali Gato em fazê-

“Ah, mas, se não me sentir envolvida,
não vou conseguir...”

Jacira

-la substituta de Paguá na segunda experiência. A cabeça de Jacira saiu dos eixos. Não era um proposta de se jogar fora, não para ela, uma jacaroa da cidade grande que, colonizada pelos seus habitantes bípedes, inspirava sua vida, sobretudo a afetiva, nos ideais humanos.

— Ele é casado?

— Ora, Jacira, que importa? Por Deus, isso não existe entre nós, crocodilianos.

— Ele não é um crocodiliano! — a jacaroa enfatizou. — É um humano... e muito decente. Ele é casado?

— Mas vive muito mal com a mulher. — Se Jacira queria seguir por aí, o muçulmano também sabia o que dizer. — Confessou-me diversas vezes que quando retornar à cidade vai se separar.

— Todos dizem isso!

— Dizem para a outra. Não para mim.

— Eu detestaria ser a Outra!

Ali Gato revirava os olhos, num gesto de impaciência.

— Não acha que está indo longe demais, Jacira? O fato de colaborar nessa experiência não significa um compromisso entre vocês.

— Ah, mas, se não me sentir envolvida, não vou conseguir... — Jacira repetia a cartilha de algumas fêmeas pensantes.

— Pense que você está apenas dando uma contribuição à ciência e ao desenvolvimento das espécies. Só isso.

— Você nem sabe se ele foi com a minha cara — disse ela, desafiadora.

— Jacira! — Ali Gato procurava se controlar. — Isso não vem ao caso!

A jacaroa girou o pescoço e explodiu:

— Como, não vem? Ele não é um crocodiliano que se enrabicha por qualquer uma só porque a encontra no cio. Ele é um homem, com critérios, sentimentos... os homens sentem amor, sabia? Não, você não sabe. Nenhum crocodiliano sabe o que é o amor. Vocês só estão interessados nos prazeres da carne.

Ali Gato escutou em silêncio, sem se interessar à mínima, e tratou de contornar o "choque de ideias", dizendo a Jacira o que ela queria ouvir.

— Tenho certeza de que ele gostou de você! Já apresentei-o a cinquenta jacaroas e ele nunca sorriu para nenhuma como fez com você. Vai por mim, ele entrou na sua.

Jacira aceitou, faceira, as palavras do muçulmano.

— Gostaria que ele me dissesse isso. Acho que precisamos conversar, trocar ideias, descobrir afinidades, interesses comuns...

— Claro, claro, mesmo porque você não está no cio.

— Não me lembre isso...

Ali Gato esfregou as patas:

— Vou dizer a ele para preparar um chá que daqui a pouco você irá fazer-lhe uma visitinha.

Deixou Jacira e foi à cela do mamífero pensante na outra sala:

— Então... gostou?

— Meio sem graça.

— Mas dizem que é uma fera num acasalamento. — Imaginem se o muçulmano iria dizer que ela era virgem!

— Cadê Paguá?

— Esquece Paguá. Foi visitar uns parentes na Amazônia. Ela não é melhor que Jacira. Jacira é culta, informada, nada bem, mora na cidade grande, conhece a fundo o relacionamento entre humanos. Sabe tudinho o que uma mulher deve fazer...

— Assim não quero! A estar com uma jacaroa que se esforça para parecer uma mulher, prefiro minha esposa... Eu quero é novidade!

Ali Gato percebeu a mancada:

— Tem razão. Vou dizer a ela para só usar os segredos da alcova crocodiliana. Ela quer levar um papo com você. Posso trazê-la agora?

O mamífero deu de ombros, indiferente:

— Ela joga xadrez?

Ali Gato voltou à outra sala e parou à porta, incrédulo diante da cena: Jacira agarrada ao pé da mesa, ofegante, remexendo os olhos e gemendo entre os dentes "preciso sair daqui". A jacaroa entrava no cio, seu ventre se contorcia, suas pernas debatiam-se no ar, o rabo erguia-se em arco expondo a cloaca e ela gemia "preciso sair daqui". Afinal soltou-se do pé da mesa e arrancou na direção da porta de saída, no mesmo instante em que o muçulmano, desorientado, avançou para acudi-la. Os dois corpos se chocaram e juntos se embrulharam no chão.

Do lado de fora Croc pôde ouvir, saindo das profundezas da terra, os ruídos característicos dos crocodilianos que antecediam ao encontro das cloacas. Croc tinha acompanhado Jacira e, escondido atrás de uma moita, aguardava que ela de algum modo tirasse Ali Gato do esconderijo para que ele, conforme o combinado, pudesse entrar e libertar o hominídeo. Os urros impressionaram Croc, que jamais imaginara Jacira uma jacaroa de tantos recursos. Ela e Ali Gato apareceram à superfície, disparando para dentro do corixo.

Os olhos de um simples hominídeo não distinguiam um jacaré de uma jacaroa. Dizem os técnicos que na idade adulta os machos são maiores que as fêmeas, informação que não muda nada, porque um simples hominídeo só saberá a idade de um crocodiliano pedindo-lhe a carteira de identidade. Assim, quando Croc surgiu diante da cela, *mister* K. Y. W. tomou-o por Jacira, a quem mal havia sido apresentado, e foi logo dizendo:

— Não precisa se comportar como mulher. Seja você mesma. Seja uma jacaroa autêntica. Foi desse modo que Paguá me encantou com essas garras, essas escamas ásperas, esses movimentos laterais do rabo que só vocês conseguem, essas enlouquecedoras carícias crocodilianas...

Sem entender o que se passava, Croc interrompeu-o antes que fosse tarde demais:

— Tá me estranhando, *mister*?

A voz cavernosa de Croc silenciou o mamífero pensante:

— Você é um deles?

— Não sou deles nem delas. Estou aqui para libertá-lo e é bom nos apressarmos, porque a rapidez é uma marca do sexo entre crocodilianos.

O humano soltou um uivo de alegria e apontou o rodapé:

— A chave da cela está naquele buraco da tomada.

Croc "vestiu a roupa" de político e negociador:

— Sim, mas antes de soltá-lo precisamos fazer alguns acertos. Por exemplo, gostaria de ter sua palavra de que nenhuma loja do *shopping* venderá ou exporá artigos derivados de animais do Pantanal, muito menos reptis. Certo?

— Parece-me razoável — disse o *mister*, aflito para se mandar.

— Depois de inaugurado o *shopping*, vocês se tornarão responsáveis pela segurança de toda a bicharada na Grande Curva do Taquari. Para cada reptil que for morto por caçador ou coureiro, desaparecerá um funcionário do Greenwood. Certo?

O hominídeo engoliu em seco:

— Bem... não sei... os serviços de segurança custam caro.

— Para nós, o que custa caro é a vida.

— Tá bom, tudo bem, concordo. Que mais?

— A Greenwood Enterprises vai dedicar 5% dos seus lucros líquidos para a preservação do Pantanal. Certo?

*Mister* K. Y. W. demorou um pouco a responder fazendo as contas na cabeça e perguntou se o percentual não poderia ser de 3,83%. Croc ameaçou virar as costas e ir embora.

— Tá! Tá! Tá! — admitiu nervoso. — Mas vamos logo com isso!

— Só mais uma cláusula: sua empresa se compromete a doar ao presidente da ARMOPA dois olhos de vidro.

— Dois??

— Um de reserva. De acordo?

— De acordo!

— Então assina aqui!

O acerto de Croc com Casé e Jacira limitava-se à libertação do hominídeo. O acordo que acabava de firmar decorria de uma decisão pessoal. O velho jacaré era político demais para conceder liberdade ao presidente de uma grande empresa sem nada em troca. Se o *shopping* fosse destruído, ficaria o dito pelo não dito. Caso permanecesse, ele já teria amarrado um compromisso que beneficiaria a região e facilitaria sua reeleição. No íntimo Croc queria a instalação do *shopping* (embora não o revelasse abertamente) e, realista, pragmático, trabalhava com esta hipótese. Abriu a porta da cela e disse:

— Pode ir.

*Mister* K. Y. W. saiu esbaforido e parou na porta ao se dar conta de que estava nu. Cobriu com as mãos as partes pudendas e comentou:

— Não sei se o presidente da empresa deve reaparecer assim nas obras do *shopping*.

Croc jogou-lhe uma pele de jacaré que não fora aproveitada no galpão:

— Vista isso... e cuidado para os coureiros não o confundirem.

*Mister* K. Y. W. sorriu, acenou e, antes de desaparecer, gritou:

— Se vir Paguá diga a ela que lhe deixei um beijo e que não a esquecerei jamais.

## 23

— Ei, reptial! — que corresponde a "pessoal" entre os humanos. — Os mamíferos pensantes estão lá marcando a data de inauguração do *shopping*! — O camaleão-camelô entrou no galpão espalhando a novidade.

— Pois eles terão uma surpresa — retrucou Anita, a lagartixa —, porque nós acabamos de marcar o dia da inauguração do tiranossauro!

Na realidade, todos os prazos do cronograma de obras do Greenwood haviam estourado. No início, pelas enormes dificuldades com as fundações num terreno problemático, pantanoso, recortado por veios de água subterrâneos. Mais tarde, os cálculos estruturais tiveram de ser refeitos em função dos erros na dosagem do concreto. As instalações dos sistemas elétrico, de água e esgoto também apresentaram falhas (muitas goteiras), corrigidas nesta fase de arremates em que se aguardava a chegada de um novo equipamento importado de ar-condicionado: o anterior deu defeito. O Pantanal acolhia o *shopping* mas cobrava seu preço.

O atraso nas obras do Greenwood — anotado pelos espiões da floresta — favoreceu o trabalho da precária mão de obra do galpão que à dura pena concluía a montagem do tiranossauro. O bicho já estava inteirinho no meio da cobertura, ganhando os últimos acessórios para se submeter à revisão final, após o que o sangue entraria em circulação e ele receberia o sopro de vida.

O modelo original acabou por sofrer pequenas alterações. O professor Quelonius admitiu que o mundo mudara muito nesses últimos 130 milhões de anos e os reptis também deveriam se adaptar aos novos tempos. Assim, o coração de três cavidades, comum a todos os dinossauros, deu lugar a um tipo mais avançado, dos crocodilianos, os únicos reptis contemporâneos a possuírem quatro ventrículos. Nesse ponto não havia diferença entre o homem e o jacaré.

O peso do cérebro também foi motivo de reuniões e reestudos. Nas consultas às suas fontes de pesquisas, o professor somente encontrou o peso do cérebro do braquiossauro: setenta gramas. A pergunta que se fazia era: devemos repetir o mesmo peso no tiranossauro? O sinimbu-conselheiro, que não chegava a ser um Quelonius mas tinha lá seus conhecimentos, afirmou que, se colocassem um cérebro de setenta gramas no tiranossauro, quando lhe perguntassem quanto é dois mais dois ele levaria vários minutos para fazer as contas e responderia: oito! Não foi por outra razão que os dinossauros herbívoros desapareceram rapidamente da face da Terra: seus cérebros do tamanho de uma bola de pingue-pongue não conseguiam apreender as lições da vida. O sinimbu forneceu um argumento definitivo: considerando-se que o cérebro dos humanos pesava em média um quilo e meio, botar setenta gramas de massa cinzenta na cabeça do tiranossauro seria condená-lo à completa imbecilidade. Quelonius concordou e pediu para o bicho setecentos gramas de cérebro.

O professor deu ainda uma caprichada no sistema límbico que, situado no interior do encéfalo, seria responsável pelos processos emocionais e mnemônicos. Tinha esperanças de que assim o bicho viesse ao mundo com a memória das suas origens para evitar que alguém acabasse por convencê-lo de que era uma ave ou um mamífero. Um pequeno detalhe de mamífero, por sinal, foi acrescentado ao dinossauro: a bolsa do ventre, usada pelos marsupiais. Uma ideia de Anita, para aproveitar a sobra das peles, que Quelonius prontamente aceitou, entendendo que a vida moderna acrescentara muitos objetos e documentos aos animais.

A fase de instalação dos acessórios chegava ao fim. Do alto da escada, Casé, que resolvera, ele mesmo, executar essa tarefa exigente e meticulosa, perguntava ao jabuti:

— O bicho vai só de pálpebras superiores?

— As duas, superiores e inferiores. Não quero um modelo econômico — respondia Quelonius. — E não se esqueça da membrana nictitante.

— O quê?

— Aquela membrana transparente atrás das pálpebras que permite ao animal manter os olhos abertos debaixo d'água.

— Boto rodopsina no olho?

— Nem pensar. Esse pigmento vai paralisar o bicho como faz com vocês, refletindo os raios luminosos à noite.

— E a válvula que nós temos para fechar a garganta ao mergulhar?

— Não precisa. Não creio que ele vá se dedicar à pesca submarina.

— Então terminamos. Quer fazer a revisão?

Quelonius pegou a lista e Casé convocou o reptial para ocupar seus postos. O jabuti lia em voz alta:

— Encéfalo?

— Ok!

— Aparelho digestivo?

— Ok!

— Aparelho excretor?

— Ok!

— Aparelho reprodutor?

— Ok!

— Membros posteriores?

— Ok!

— Olhos, nariz, boca e ouvidos?

— Ok, Ok, Ok e Ok!

E assim foi até o último item. Casé desceu os degraus já trazendo um calorzinho na barriga ao sentir se aproximar o momento de ressuscitar o bicho.

— Muito bem, professor. Agora é só deitá-lo, injetar o combustível e ligar o motor.

Um animal de seis metros de altura, treze de comprimento e vinte toneladas de peso, mesmo sendo bípede, não cairia com uma rasteira. Um complicado sistema de calços e cordas que já envolvia o bicho foi acionado e ele começou a adernar lentamente até pousar suavemente o dorso no chão. A equipe encarregada da transfusão aproximou-se com os tonéis de sangue, Casé e Croc tomaram posição junto ao coração e Quelonius pediu o máximo silêncio no recinto "porque esta operação é delicada e exige muita concentração e coordenação".

O nervosismo batia no teto. Nenhum daqueles reptis que se encontravam ali no galpão, com certeza, experimentara antes uma sensação de expectativa tão vital e profunda. Alguns retiraram-se, incapazes de suportar a carga, receosos de que suas couraças estourassem de tensão. A maioria, porém, se agrupou, contraída, à lateral do bicho, para ouvir, silenciosa, uma rápida explicação do professor: "o sangue será injetado através das veias cavas, inferior e superior, seguindo em direção ao átrio direito, e não me perguntem o que é átrio. Quando ele se encher e a pressão estiver grande, começaremos a massagear o coração para ajudar as válvulas a se abrirem e o sangue penetrar no ventrículo. Aí aceleraremos as massagens estimulando as outras válvulas a empurrarem o sangue para a aorta. Nesse instante o 'carro terá que pegar' para espalhar o sangue pela rede de artérias. Se isso acontecer o bicho voltará à vida".

— Tudo pronto? — O professor olhou para a equipe que armazenava o plasma, para o grupo da cava inferior, da cava superior, para Casé, para Croc e por pouco não se benzeu antes de autorizar que abrissem as "comportas" do primeiro barril de sangue.

Somente animais de sangue frio, forjados na poeira dos tempos, aguentariam presenciar e participar daquela operação. Um mamífero teria um chilique. A lentidão com que o sangue penetrava no sistema vascular elevava a voltagem dos nervos e corroía as reservas emocionais. O trabalho de tantos meses afunilava-se no gargalo de alguns minutos. Os reptis pareciam depender das batidas daquele coração para sua sobrevivência. Nada a ver com os objetivos para os quais o dinossauro estava sendo recuperado, que naquele momento ninguém se lembrava do *shopping*. O que os afligia era o tamanho do desafio em que haviam se metido, uma viagem às avessas da morte para a vida que os colocava na perspectiva dos deuses, caso, é claro, os reptis (fora os muçulmanos) professassem alguma religião.

Casé e Croc alternavam-se em movimentos ritmados, calcando o peito do bicho. Tivessem os crocodilianos glândulas sudoríparas e os dois estariam encharcados. O sangue entrando lento, os dois botando pressão, o "público" com os nervos em frangalhos, até que se ouviu um tum. Não demorou muito e outro tum e mais um tum e a apreensão cresceu e um novo tum e logo um tum-tum e tum-tum e tum-tum e a cadência se manteve e tum-tum e tum-tum e o galpão quase desabou na explosão de júbilo e contentamento.

— Ele vive!! Conseguimos! Ele vive!

— Só tum-tum não resolve. — Anita, a lagartixa, tratou de baixar a bola. — Vamos esperá-lo acordar para ver o bicho que vai dar.

Sete horas mais tarde, o tum-tum estabilizado, pulmões funcionando, sinais vitais normais, o bicho continuava duro, petrificado. Quelonius, Casé, Croc, Anita, a equipe de plantão e uns poucos resistentes mantinham-se ligados, à cabeceira; o resto ou se espalhara pelos cantos do galpão, dormindo, descansando, ou saíra para arejar, comer alguma coisa. Do lado de fora, uma multidão de reptis e um punhado de aves e mamíferos curiosos aguardavam novas informações. O professor não demonstrava inquietação, considerando normal a demora do bicho para despertar:

— Ele precisa aquecer. Está muito frio.

Nove horas de espera e Casé percebeu um ligeiro tremor, algo como um espasmo muscular, num dedo do anterior direito.

— Ele mexeu o dedo! Eu vi! Ele mexeu!

O aviso provocou uma corrida para perto do bicho, olhares concentrados nas garras secas daquele anterior curto e magro que mais parecia um aleijão, mas não se repetiu o tremor. Mais uma hora e meia de expectativa e o dinossauro moveu outro dedo.

— Ele tornou a mexer o dedo! — gritou Anita.

— Mexeu o rabo! — gritou mais alto o camaleão-camelô.

— Vejam! A boca está se descontraindo! — disse Casé.

— Abriu um olho — alertou Croc. — Os dois olhos!

Num movimento natural de defesa todos recuaram, aguardando a iniciativa do bicho. Ele movimentou os olhos para os lados, entesou os músculos do corpo e vagaroso ergueu o dorso do piso. Sentou-se. Todos observavam-no assustados, ele moveu a cabeça observando a todos, assustado e perguntou:

— O mundo encolheu? — Antes que alguém pudesse articular uma resposta ele voltou a falar: — Onde estão os outros? O iguanodonte? O brontossauro? O diplodoco? Eu estava conversando com o estegossauro quando uma língua de fogo levantou a terra e não vi mais nada.

Quelonius, tão perplexo quanto todos ali, cochichou para Casé:

— Maravilha! Ele veio com memória.

Ainda meio zonzo diante daquele estranho cenário, o bicho viu Casé próximo a ele e disse:

— Conheço você de algum lugar.

— É do Mesozoico — respondeu o jacaré. — Meus antepassados foram seus contemporâneos no Jurássico.

O dinossauro levou um susto:

— Você quer dizer que não estamos mais no Jurássico? — Casé confirmou que não. — Chegamos ao Cretáceo?

— Já passamos... — Casé reforçou a fala com um gesto.

— Em que período estamos, afinal?

— Pós-moderno, dizem...

— Então deve ser por isso que estou morrendo de fome. — Passou a mão na barriga e percebeu algo novo. — Que é isso?

— Uma bolsa. Oferta da casa — afirmou Croc. — Para você colocar seus pertences.

— Sim, meus pertences. É verdade! Onde estão meus pertences?

— Se não ficaram em Montana estão no Museu de História Natural de Nova York. Nós conseguiremos outros.

O bicho olhou para dentro da bolsa, vazia como seu estômago:

— Seria capaz de comer um mamute.

— Mamute acabou. Quer comer outra coisa?

— Um boi!

— Boa pedida. Que pedaço você prefere?

— Todos!

O ambiente no galpão foi se descontraindo. Paguá chegou e o professor chamou-a à sua mesa, junto com Croc, enquanto o tiranossauro se entretinha conversando com os outros. Era preciso dar um nome ao bicho.

— Que tal Biluca? — sugeriu Croc.

— Biluca? Onde já se viu um bichão desse tamanho chamado Biluca? — chiou Paguá.

— Frank? McCoy? Butcher? — insistia Croc. — Não se esqueçam de que ele nasceu nos Estados Unidos.

— Nasceu lá, mas renasceu aqui — respondeu Paguá. — Tem que ter um nome de macho... e brasileiro.

— Que vocês acham de Jurandir? — intrometeu-se o jabuti. — Tem as mesmas sílabas iniciais de Jurássico.

— Acho bom — disse Paguá olhando para cima, como que vendo o nome numa fachada. — Jurandir Sampaio Teixeira!

O bicho "morto" era feio; vivo tornara-se medonho, exibindo seus dentes serrilhados que avultavam a impressão de ferocidade. Pelo menos nos primeiros instantes, porém, as aparências enganavam; mostrava-se dócil, amistoso, comunicativo. Contava numa rodinha (rodinha é força de expressão) algumas passagens de sua vida no Jurássico.

— Foi uma sensação incrível botar os pés na terra — dizia ele. — Talvez por ter os pés na terra tenha sido mais realista que meus pais, meus avós, que viveram dentro d'água. Lembro quando era pequeno, quatro anos de idade e quatro metros de altura, minha mãe contava histórias fantásticas sobre a vida na terra, dizendo ser habitada por enormes monstros diluvianos que comiam dinossauros. Mas no dia em que desembarquei, e fui dos primeiros, não havia ninguém na crosta terrestre. Bati palmas, chamei "ó de casa!". E não obtive resposta. Na ocasião, muito jovem, não entendi o motivo daquele vazio. Aí o velho estegossauro me disse que era uma terra de ninguém e que agora nós éramos os donos e que podíamos escolher o nosso pedaço. Vivemos nós ali por muito tempo. Só depois é que começaram a surgir uns bichinhos mínimos chamados insetos. Eles também são do Jurássico.

Jurandir parou e perguntou:

— Ainda tem insetos na terra? Moscas, baratas, mosquitos, essas coisas?

— Como tem! — exclamou Anita.

— E continuam chatos como eram no meu tempo?

— Iguaizinhos. Não mudaram nada nesses 130 milhões de anos!

Jurandir retornou a narrativa, a pedidos:

— A terra não sossegava, pelo menos onde eu morava, rios, vulcões, desertos, montanhas, apareciam da noite para o dia. As matas eram baixinhas, as árvores batiam na minha cintura. Muito depois dos insetos começaram a aparecer uns bichos esquisitos do tamanho de um cágado, peludos, que não botavam ovos, já viram isso?, e eram chamados de mamíferos. Eles ainda estão vivos?

Os reptis se entreolharam receosos de informarem que os mamíferos não só estavam vivos, como mais vivos do que nunca e agora eram os donos da terra. A notícia poderia provocar um choque de consequências imprevisíveis em Jurandir.

— Ainda estão vivos — respondeu Anita com estudado desinteresse. — Mas evoluíram muito em relação aos insetos.

— Eles eram mais esforçados.

— Pois cresceram, se multiplicaram e um tipo particular de mamífero mudou muito, muitíssimo. São novidadeiros e pretensiosos só porque fazem umas coisas que os outros bichos não sabem fazer.

— Por exemplo? — O tiranossauro demonstrava um especial interesse por essa classe de animais que ele vira nascer.

— Bem, eles sabem rir. Só eles entre os animais sabem rir.

— O que é "rir"?

— Rir é... achar graça. Fazer assim: ah, ah, ah — o sério sinimbu-conselheiro tentou imitar.

— Esses mamíferos que conheci no Jurássico não faziam ah, ah, ah.

— Eram muito primitivos. Os atuais ainda são mas sabem se fazer de avançadinhos.

— Curiosos esses mamíferos. Gostaria de conhecer um deles.

— Você vai conhecer, muitos. Mas tenha cuidado — advertiu Anita. — Eles são cheios de truques.

Croc, Paguá e Quelonius se aproximaram da roda para convidar Jurandir a sair à mata. Anita apresentou-os:

— Esse aqui é o professor, na verdade "seu pai". Foi ele o autor dessa façanha que o trouxe de volta à vida.

— Alô, papai!

— Esse é Croc, presidente da nossa associação de reptis. Sabe o que é uma associação?

— Imagino que seja algo como o Clube dos Dinossauros que nós tínhamos no Jurássico.

— E essa é a Paguá, nossa relações-públicas.

O bicho cumprimentou-a com um aceno de cabeça e a jacaroa retribuiu:

— Olá, gostosão!

Quelonius perguntou a Jurandir se ele se achava em condições de caminhar. O bicho ergueu-se, e foi como se tivesse brotado uma montanha do chão, bateu com as patas, dormentes, e o galpão quase veio abaixo. Experimentou-se, sentiu-se firme, equilibrado, e fez um sinal de "positivo" — que data do Mesozoico — para o professor.

— Vamos levá-lo lá fora para apresentá-lo aos membros da nossa comunidade — informou Croc. — Eles estão ansiosos para conhecê-lo.

»

As sucuris encarregadas de controlar a entrada do galpão foram afastando a multidão para que a comitiva pudesse passar. Mero jogo de cena, ninguém era besta ou maluco de permanecer na frente de Jurandir. Apareceram Croc, Paguá, Casé ereto, levando mais uma vez Quelonius na cabeça e no momento em que surgiu o bicho, um óóóóó de espanto e admiração percorreu a massa que passou a aplaudir e gritar:

— Ei, ei, ei, Jurandir é nosso rei! — Seu nome já havia chegado aos ouvidos da bicharada.

Jurandir levava Anita, a lagartixa, na palma de sua mão direita e surpreendeu-se com o público. Jamais vira tantos reptis juntos em sua existência. No Jurássico, cinco dinossauros reunidos já formavam uma multidão. A comitiva ajeitou-se num ponto da mata, Croc com sua voz de barítono pediu atenção e iniciou seu improviso:

— Companheiros! Hoje é um dia histórico para todos os animais do Pantanal e particularmente para a ARMOPA e isso nos deixa muito felizes. Estamos trazendo de volta à vida o companheiro e antepassado Jurandir, tiranossauro de boa cepa que viveu há 130 milhões de anos e foi um dos maiores responsáveis, se não o maior, pela conquista da terra pelos reptis. Se nós, reptis, deixamos de viver nas águas frias e ameaçadoras dos rios, lagos e mares foi graças a ele e a seus companheiros que estavam lá mudando o curso da História para que nós pudéssemos encontrar o conforto do solo fértil e firme da terra. Foram eles, Jurandir e os outros, que mudaram a cara deste planeta e esta glória ninguém vai nos roubar.

Fez uma pausa, puxando os aplausos e continuou:

— Nesta ocasião tão marcante para nós, não poderia deixar de assinalar nossos agradecimentos sinceros ao professor Quelonius que concebeu e conduziu este projeto, orgulho da comunidade reptílica. Quero agradecer também a toda sua brilhante equipe, da qual me honra fazer parte, pela dedicação e idealismo com que se entregaram a esta vitoriosa empreitada, Casé, Anita, o sinimbu-conselheiro, o camaleão-camelô e tantos outros. Sem eles não estaríamos aqui agora vivendo este momento de brilho, esplendor e beleza. Em nome de todos quero dizer ao professor Quelonius e sua equipe que eles terão nossa eterna gratidão.

Nova pausa, novas palmas:

— Jurandir veio para ficar. Sua presença veio aquecer nossos corações e nos dar a certeza de que não está longe o dia em que refaremos a dinastia dos reptis e tornaremos a administrar a terra sem guerras, sem doenças, sem violência, sem as desigualdades que os humanos, e que nos perdoem os mamíferos presentes, instalaram no planeta. Jurandir é o primeiro passo nesta caminhada em direção à volta da nossa idade do ouro. Tenho certeza de que, afinado com os ideais da ARMOPA, Jurandir estará sempre do nosso lado, reptil que é, na luta para deter o poder de destruição dos humanos e na defesa intransigente da vida animal, do equilíbrio ecológico, da preservação do Pantanal e da Natureza. Muito obrigado.

A galera prorrompeu em demorados e delirantes aplausos. Ninguém melhor que Croc sabia tocar as massas com seus discursos carregados de chavões e lugares-comuns. As palmas se prolongavam, mesmo sem a participação dos frustrados ofídios, que se limitavam a bater com o traseiro no chão, enquanto Croc oferecia a palavra ao atônito tiranossauro:

— Mas... mas dizer o quê? Acabei de chegar. Nem sei exatamente o que estou fazendo aqui. Ninguém me explicou nada.

Jurandir, que punha pela primeira vez seus nervos à prova — sob olhares atentos do professor —, tentou escapar da falação, mas a massa reptílica começou a gritar seu nome, queria ouvi-lo, exigia umas palavras.

— Quero dizer a vocês que estou feliz por reencontrar a terra povoada de reptis. Quero mandar um abraço aos meus familiares que ficaram no Jurássico e dizer que farei tudo o que estiver ao meu alcance para corresponder ao esforço daqueles que me trouxeram de volta à vida. Peço desculpas por não entender o significado de "equilíbrio ecológico" e "preservação do Pantanal". Estou chegando de uma longa viagem, mas certo de que com a ajuda de vocês logo estarei por dentro das condições atuais do planeta. Termino dizendo que pretendo reconstruir minha vida aqui, ao lado de vocês e me coloco à disposição da ARMOPA para recuperarmos o controle da terra.

Nada mal para quem nunca falara em público e passara tantos anos calado. A fala, no entanto, não provocou empolgação. Os reptis mais radicais esperavam ouvi-lo cuspindo fogo no *shopping* e jurando de morte os mamíferos pensantes. A maioria porém, no meio dela Abdul com o filho nas costas, manifestou seu entusiasmo entendendo que Jurandir ainda estava tomando pé ou pata das coisas. Terminada a cerimônia de apresentação, Croc perguntou a Quelonius se Jurandir estaria cansado.

— Cansado de quê? Só se for de dormir.

O presidente da associação gostaria de convidá-lo a dar um passeio pela região para conhecer a vegetação do Pantanal, o rio Taquari, as futuras instalações da ARMOPA. Antes que Croc se dirigisse a Jurandir, Casé mostrou a todos o telegrama que acabara de chegar, entregue pelo teiú-estafeta e enviado por uma emissora de tevê da cidade grande convidando Jurandir para um programa de entrevistas em cadeia nacional.

— Já está ficando famoso, bicho — comentou Paguá.

— Ele mal botou a cabeça de fora e os humanos já souberam de sua existência! Como? — surpreendeu-se o jabuti.

— Deve ser obra daquela jacaroa deslambida — intrigou Paguá.

Ela se referia a Jacira, que, depois de perder a virgindade para Ali Gato no descontrole do estro, recolhera a cloaca e, morta de vergonha, voltara para o zoo. Casé saiu em defesa da jacaroa, podia ter muitos defeitos, todas as manias hominídeas, mas não trairia a classe nem a subclasse.

— Que importa quem disse? — ponderou Croc. — Mais cedo ou mais tarde eles iriam saber mesmo. Como esconder um bicho desse tamanho? O envio desse telegrama foi muito significativo. Acho que precisamos fazer um exame da situação.

Todos concordaram com Croc. A chegada do convite mexeu com as certezas dos reptis. Trouxe com ele as suspeitas de que Quelonius havia criado algo muito maior do que um simples ancestral para pôr fim ao *shopping*. Tais desconfianças impunham uma reunião do conselho, muito menos para decidir sobre a ida de Jurandir à cidade grande; muito mais para refletir sobre os próximos passos, agora com aquele batatão quente nas garras. Casé sugeriu que se chamasse Ali Gato, há meses recolhido e solitário em sua prisão domiciliar. A hora era de somar esforços e o muçulmano, que mantivera longo convívio direto com um mamífero pensante, poderia trazer subsídios valiosos.

Ali Gato aproveitara seu recolhimento para tentar entender o que havia se passado entre ele e Jacira no corixo. Fora tudo tão rápido que seus pensamentos não acompanharam a ação. Não que o encontro tivesse sido decepcionante, mas o muçulmano idealizara uma Jacira diferente, provida de sentimentos, e ela acabara se mostrando igualzinha a todas as outras jacaroas. Tanto fazia quem estivesse a sua frente, Ali Gato ou qualquer crocodiliano, ela se entregaria com a mesma volúpia. A constatação dessa promiscuidade liquidara com a imagem de Jacira, que ainda por cima tinha largado o muçulmano boiando dentro d'água e desaparecera sem nem sequer dizer adeus.

— Pensamos pequeno — disse o professor abrindo a reunião. — Pensamos no tiranossauro para resolver uma questão doméstica, uma briga de vizinhos, sem nos darmos conta do interesse que o bicho poderia despertar nos mamíferos pensantes.

— Criamos o Jurandir para resolver um problema — acrescentou Casé — e ele virou outro problema.

— Por Alá, nunca entendi muito bem essa ideia — o muçulmano reaparecia comportado. — Botar esse bicho para destruir o *shopping* é conduzi-lo à morte. Um único tiro dos humanos liquida com ele. E aí? Como ficarão vocês? Como reagirá essa reptilidade que o viu chegar como um salvador da pátria?

O astral da reunião, que se encontrava no chão, com as observações de Ali Gato foi para o subsolo. Quelonius, introspectivo, voltado para dentro, ruminando suas próprias reflexões, retomou a palavra:

— Não avaliei a força e a organização dos mamíferos pensantes — disse numa autocrítica. — Sou um reptil! Ao ter a ideia de recriar o tiranossauro pensei como um reptil num universo reptílico. Nunca convivi com humanos, minha cabeça, ao avaliar as consequências, não se desdobrou às fronteiras da terra dos homens.

— Que fazer então? — perguntou Anita com sua costumeira objetividade.

— A solução é destruí-lo — voltou Quelonius com a aparente frieza dos cientistas. — Agora, enquanto é tempo!

A sugestão do professor provocou uma indignação geral. À exceção de Ali Gato, que vira o bicho de longe, para os demais Jurandir já era parte da família, e se não valia a pena levá-lo a destruir o *shopping*, todos encontrariam para ele mil e uma outras utilidades.

— Poderia trabalhar como segurança do Pantanal — sugeriu Paguá.

— Quem sabe de salva-vidas? — disse o camaleão-camelô. — Ajudar a bicharada a atravessar os rios.

— Poderia se transformar no símbolo da luta pela preservação da Natureza — arriscou o sinimbu-conselheiro.

— Ele nem sabe o que é isso — voltou Paguá.

— Mas vai aprender — disse Casé. — E nós poderíamos mandá-lo à cidade grande fazer campanha.

— A cidade grande é cheia de perigos — lembrou Ali Gato. — Se alguém irritá-lo ele provocará uma catástrofe e terá que ser contido à bala.

Anita, súbito, teve uma inspiração que respondia à intervenção inicial do muçulmano.

— E daí? Se o matarem, faremos outro. Ele passou tanto tempo morto e nós o ressuscitamos. Por que não podemos ressuscitá-lo novamente ou construir outro dinossauro?

Anita tinha razão. Como é que ninguém pensara nisso antes? Sua colocação mudou tudo, inclusive o ânimo da reunião.

— Por Alá, você está certa! — admitiu o muçulmano. — Claro! Perfeito! Não vi isso antes porque não participei do projeto, mas sendo assim podemos enviá-lo para destruir o *shopping*. Se o matarem, nós o recuperaremos e o enviaremos de volta. Se sumirem com ele faremos outro. Alá é misericordioso! Não daremos trégua ao Greenwood e eles terão que desistir. Alá seja louvado!

O argumento de Anita e o entusiasmo de Ali Gato contagiaram a todos. Segundo um velho ditado da região, o espírito do encontro "mudou da água para o vinhoto".

— E afinal — perguntou Croc. — Vamos enviar Jurandir à cidade para a entrevista?

— Claro — disse Anita. — Ele divulgará nossa causa. Irá se tornar popular, ganhará aliados e assim reduzirá os riscos de ser eliminado.

— Só acho que ele não deve ir sozinho — observou o jabuti. — Alguém tem que estar ao seu lado para orientá-lo e evitar que se irrite num congestionamento da cidade grande.

— Nem adianta olhar para mim — avisou Casé. — Gostei muito do Jurandir mas não vou ficar de babá desse bichão na cidade grande.

— Bem, se vocês não se importarem, eu vou — insinuou-se Paguá, ajeitando a peruca. — Ainda não se testou a sexualidade do Jurandir e... de repente, ele pode precisar de alguém e... como vai ser, rodeado de mamíferos?

— Creio que esta é uma missão para o presidente da ARMOPA.

— Croc estava louco para ir. — Minha presença dará mais *status* e representatividade à visita.

A aquiescência foi geral. Ali Gato lembrou:

— Você terá que trazê-lo de volta às vésperas da inauguração. Ele invadirá o *shopping* durante a abertura, começando por destruir o palanque onde estarão os humanos mais importantes.

— Deixa comigo — disse Croc coçando o tapa-olho. — Jacira me manterá informado. Ao dia e à hora da inauguração nosso companheiro tiranossauro estará aqui para comandar a invasão do Greenwood!

## 24

— Veja! Este é um humano macho. Esta é uma fêmea.

Quelonius instruía o dinossauro, utilizando-se de um desses desenhos do corpo humano que ilustram enciclopédias.

— Humano macho — indicava Jurandir. — Humano fêmea.

— Percebeu as diferenças?

— Aqui, aqui e aqui — Jurandir corria o dedo.

O professor conseguiu protelar a viagem do bicho, explicando à emissora de tevê — através de Croc — que ele renascera com um pequeno defeito no cérebro e precisava de reparos ou poderia botar abaixo a cidade grande. Quelonius ganhava tempo para passar ao dinossauro informações, ligeiras que fossem, sobre os mamíferos pensantes e sua ação predatória na Natureza. Os dois permaneceram uma semana trancafiados no galpão, protegidos por forte esquema de segurança. A todo momento surgiam notícias de que equipes de televisão percorriam o Pantanal à cata do bicho. Jurandir assimilava muito bem as lições em razão de sua prodigiosa memória e de uma cuca fresca e descansada (bota descansada nisso).

— Existem outras diferenças que não estão à vista — continuou o jabuti. — Como pode ver, na gravura eles estão em pelo, como todos nós, mas você vai encontrá-los vestidos, o corpo coberto por roupas.

— Eles têm vergonha do corpo?

— Isso é uma longa história, Jurandir. — Quelonius prometeu contá-la mais tarde. — Os humanos são os mamíferos mais numerosos e se dizem os mais bem-sucedidos animais do planeta. Tenho minhas dúvidas: um recém-nascido humano leva vinte e um meses para fazer o que seu primo macaco faz em nove. Para mim eles são uma degenerescência. A mutação de um gene qualquer separou-os dos símios durante a evolução dos primatas.

— Por que o senhor diz isso?

— Eles não se consideram animais. Animal é uma expressão pejorativa entre eles. Quer arranjar briga com um humano chame-o de animal. Ao invés de se considerarem um prolongamento, eles se opõem a todos nós. Vivem querendo dominar a Natureza a qualquer preço. Sentem necessidade de satisfações materiais...

— Os humanos estão há quantos anos na terra, professor?

— Nasceram ontem. O *Pitecantropus erectus* acabou de completar 500 mil anos.

— Então é isso! Ainda são jovens! Quando chegarem à nossa idade vão ver que nada disso tem valor...

Para concluir o curso intensivo faltava a aula prática: uma olhadela no *shopping*. Quelonius chamou Casé, os três embrenharam-se na floresta, protegidos pelas sucuris e pararam a uma certa distância do Greenwood. Lá estava ele, recebendo os retoques finais, ancorado no meio da mata devastada, tal um transatlântico, à espera da garrafa no casco. Jurandir perguntou se o professor não gostaria de se instalar sobre sua cabeça. Perto do bicho, Quelonius parecia uma bola de futebol americano. O jabuti agradeceu do alto de Casé.

— Obrigado, mas sinto vertigem nas alturas.

— Aquilo ali é que é um humano? — surpreendeu-se o tiranossauro, apontando para uns operários trabalhando na obra. — Parecem tão frágeis e inofensivos.

— Sim, mas com aquele corpinho construíram um império, desenvolveram uma sofisticada tecnologia e tornaram-se imbatíveis. O domínio dos reptis, no seu tempo, foi contestado por outras classes de animais. O domínio dos humanos ninguém contesta. Estão absolutos.

— Pois agora as coisas vão mudar, professor. Comigo de volta eles vão ver! — Jurandir fez uma pausa. — É aquela coisa que eles estão pintando que vamos invadir?

— Exatamente — disse Casé. — Quando eles estiverem inaugurando, você vai aparecer urrando, xingando, gesticulando e quebrando tudo. Nós chegaremos depois que você iniciar o quebra-quebra.

— Nem precisa. Se é aquilo ali, deixem que me encarrego de tudo sozinho. — Jurandir abriu as ventas e trincou os dentes. — Já estou com raiva desde agora.

— E vai ficar com muito mais ao vê-los de perto na cidade grande.

O bicho quis saber por que os humanos, diferentemente dos outros animais, moravam na cidade grande.

— Para escapar da Natureza — disse Quelonius.

— Depois botam uns vasinhos de planta na varanda — completou Casé.

Uma carreta fechada veio buscá-los, a Jurandir e Croc. Os patrocinadores concordaram que transportar o bicho exposto, a céu aberto, multiplicaria o número de acidentes nas estradas. Assim, o dinossauro teria de se acomodar deitado ou sentado. À sua partida estavam presentes o professor, Paguá, Anita, Ali Gato e o camaleão-camelô. Casé não compareceu justificando que por muitos meses só se dedicara ao trabalho e agora precisava dar um pouco de atenção ao seu harém. Jurandir subiu sem dificuldades (era mais ágil que os modelos originais) e antes que as portas se fechassem, ouviu as últimas recomendações:

— Defenda a Natureza e a vida animal, Jurandir — pediu Quelonius. — Condene sempre a destruição do Pantanal!

— E não entre na conversa mole dos humanos. Eles são uns fanfarrões que adoram se vangloriar e falar besteiras — recomendou Anita.

— Preste muita atenção na miséria humana — sugeriu Ali Gato.
— Vai servir para você abastecer seu ódio pela espécie.

— Cuidado com a AIDS! — alertou Paguá.

A carreta entrou de madrugada no zoo do Rio de Janeiro, onde o tiranossauro ficaria hospedado numa "suíte presidencial" (o leão morria de inveja), especialmente adaptada para recebê-lo. Quando as portas do caminhão se abriram, um exército de fotógrafos, repórteres, cinegrafistas correu e se postou diante delas. A hora da chegada de Jurandir não foi noticiada para evitar tumultos e aglomerações. Mesmo assim aquele grupinho de adolescentes histéricas que cercava cantores de *rock* em hotéis e aeroportos compareceu pedindo autógrafos para sua coleção.

Croc desembarcou fazendo pose de chefe de Estado e ninguém lhe deu atenção. Jurandir, assustado com os flashes, luzes e gritinhos, permaneceu em cima do caminhão. O diretor do zoo ofereceu-lhe a sala VIP para receber a imprensa, mas o dinossauro preferiu sentar-se na borda da carroceria. Um repórter mais ousado aproximou-se, colocando o microfone na cara de Jurandir. O bicho deu uma dentada, quase levando a mão do repórter, e comeu o microfone. Um segundo jornalista avançou com seu microfone e o dinossauro nhac!, comentando depois de engolir:

— Um tanto duro. Talvez precisasse cozinhar mais um pouco.

Os fotógrafos dos jornais entregaram seus filmes aos motoristas para que as fotos entrassem no segundo clichê e os repórteres, mantendo a distância regulamentar, iniciaram o bombardeio de perguntas. Em que você pensou quando acordou? Dizem que andou pelo Rio de Janeiro no Mesozoico, é verdade? Não sente falta de uma fêmea? Dinossauro usa desodorante?

Seguindo a orientação de Quelonius, Jurandir tinha uma resposta para tudo:

— É preciso preservar o Panta...

— Sim, sim, isso já sabemos — atropelavam os jornalistas. — Queremos saber agora se você conhece a música brasileira. É verdade que seu esqueleto foi roubado de um museu em Nova York? Há muita diferença do Jurássico para os nossos dias?

O representante da emissora de televisão teve de intervir, encerrando o bombardeio sob a justificativa de que o dinossauro precisava dormir "porque amanhã terá que cumprir uma extensa pauta de programações". A pedidos, passou a lê-la:

— Pela manhã um passeio de barco, quer dizer, de cargueiro pela baía; visita ao Corcovado; almoço de confraternização com os reptis do zoo; início da tarde livre para compras; às quinze horas encontro com lideranças do Partido Verde, depois uma reunião de trabalho na Academia Brasileira de Ciências e à noite participa do nosso programa de entrevistas, duas horas em rede nacional. Sim, e vamos consultá-lo sobre seu interesse em gravar um comercial.

— Para quem?

— Para a Greenwood Enterprises. O lançamento de um *shopping* no Pantanal.

Croc, anotando a programação, quase teve uma síncope.

Dia seguinte, Jacira e o presidente da ARMOPA acordaram Jurandir com os jornais. Em todos, sem exceção, a foto do bicho acompanhada de manchetes fortes: "Brasil fabrica tiranossauro pós-moderno"; "Dinossauro resgata orgulho nacional"; "Brasil, primeira potência do Jurássico" ou

"Sabe que não estou achando os humanos
tão ruins assim..."

Jurandir

dúbias: "País chega ao Primeiro Mundo". Jurandir, que até então só havia se visto em espelho d'água, não cabia em si de contentamento (e olha que um dinossauro para não caber nele mesmo é preciso muito contentamento!) vendo as fotos. Recortou todas.

— Sabe que não estou achando os humanos tão ruins assim...

— Talvez o professor tenha exagerado um pouco — disse Croc cheio de tato. — Vamos que a carreta já chegou.

Jurandir não teve mais sossego. A cada parada um montão de gente o rodeava admirando-o, querendo conversar, tirar fotos, pedindo para subir até sua cabeça, como se o dinossauro fosse a Estátua da Liberdade. Nessas ocasiões sempre surgiam uns tipos estranhos com presentes e oferendas. Um inventor de subúrbio ofereceu a Jurandir um *skate* blindado; um grupo de senhoras beatas presenteou-o com um paraquedas transformado em sunga.

Era um assédio permanente, a deixar Jurandir tonto e Croc maravilhado. Metido na bolsa do bicho, tal um comandante na proa do navio, o presidente da ARMOPA, que ia se transformando em secretário, entusiasmava-se com as possibilidades que se abriam de fazer dinheiro. Os convites choviam, um atrás do outro.

— Gostaríamos de convidá-lo para...

— É preciso preservar o Pan...

— Sim, sim, claro, tamos aí, mas no momento queríamos convidá-lo para sair de destaque na nossa escola de samba.

Convites para viagens, palestras, conferências; para ancorar um programa sobre a vida animal; para ser professor de pré-história, para uma participação especial na novela das oito, para se tornar sócio de uma academia de musculação. O bicho cancelou a volta para casa na manhã seguinte; estava aceitando toda aquela festa e sua agenda transbordava de compromissos.

Croc montou um escritório nas dependências do zoo, deixando Jacira de acompanhante. A jacaroa exibia um excessivo recato, falando pouco, sem coragem de olhar Croc nos olhos, ele, a única testemunha de seu desvario com Ali Gato. Croc, amarrado a uma cadeira, a melhor maneira de permanecer sentado, recebia os convites, estudava propostas, discutia contratos. Muitas solicitações para comerciais de tevê: fortificantes, agências de segurança, óleos para a pele, cremes dentais, extrato de tomate (para bater a concorrência do elefante), marcas antigas no mercado para que Jurandir pudesse dizer: "essa eu garanto, vem de longe como eu".

— Gostaria de fazer um comercial em defesa do Pan...

— Não apareceram interessados — cortou Croc, que não deixou a consulta do representante da tevê sobre o lançamento do *shopping* chegar aos delicados ouvidos de Jurandir.

No fim do dia, ao retornar à suíte, o bicho ainda tinha de atender a eventuais funcionários do zoo pedindo uma foto juntos "porque senão meu filho não acreditará que cheguei perto de você". Croc lhe falava dos contratos fechados e da agenda para o outro dia: visita a um orfanato ("é preciso manter a imagem"); aula inaugural do curso de Paleontologia; fotos para publicidade; ida ao Museu Nacional onde Jurandir depositaria uma coroa de flores diante dos ossos de seus companheiros do Mesozoico; pontapé inicial no amistoso internacional no Maracanã ("é só um chutinho, de leve") e à noite coquetel de inauguração da discoteca "Dynossaurus".

— O mundo mudou muito, Croc — disse o bicho, preparando-se para dormir. — Já fiz mais coisas agora do que em toda minha existência no Jurássico.

— Está gostando? — perguntou Croc, juntando os papéis.

— Adorando. Só me aplaudem, me acariciam, me festejam. Será que o professor, Anita e Ali Gato, ao fazerem suas críticas estavam se referindo a esses mamíferos?

Croc era político demais para botar mais lenha na fogueira.

— Você está ficando rico — mudou de assunto.

— O que é "ficar rico"?

— Ter muito dinheiro.

— Que é "muito dinheiro"?

— Depois explico. Dispensei a carreta alugada e comprei uma zerinho para você. Mais confortável, com um colchonetão, tevê em cores, ar-condicionado...

Ao final do encontro sobre fósseis, não chegou a ser uma aula, a programação de Jurandir sofreu uma inesperada interrupção. O representante da emissora apareceu e disse a Jacira, nos bastidores, que recebera uma intimação para que o bicho comparecesse à Polícia Federal. A Interpol continuava investigando o roubo da ossada do museu americano e pedira que ouvissem Jurandir.

Ele surgiu todo alegrezinho nas dependências da polícia mas ninguém bateu palmas. O policial encarregado do interrogatório foi logo perguntando:

— De quem são esses ossos?

Jurandir olhou à volta:

— Que ossos?

— Esses aí — apontou o policial irritado. — Esses, dentro de você!

— Se estão dentro de mim, são meus — respondeu Juranir, inocente.

— Onde os conseguiu?

— Ahn... bem... quer dizer... não sei. Já nasci com eles.

— Renasceu — corrigiu o federal, descruzando as pernas sobre a mesa. — Há suspeitas de que pertençam ao tiranossauro que estava exposto no Museu de História Natural de Nova York.

— Não fui eu quem roubou.

— Claro que não! — vociferou o homem. — Mas precisamos averiguar. Você vai ter que nos ceder um osso para análise.

— Qualquer um?

— Qualquer um. Depois devolvemos.

Jurandir passou os olhos pelo próprio corpo, apalpou-se, virou a cara para observar a cauda:

— Não sei qual deles poderia emprestar. São todos importantes para mim.

Croc, que havia sido chamado às pressas, interveio:

— A estrutura óssea dos tiranossauros é muito delicada, senhor. Se tirar um ossinho pode cair tudo.

O policial olhou Jurandir dos pés à cabeça e admitiu que não podia fazer mais nada:

— Vamos ter que mandá-lo para os Estados Unidos. O FBI que resolva o que fazer.

A notícia escandalizou o país e manteve Jurandir nas manchetes dos jornais. Apareceram editoriais indignados anunciando que se estabelecera um conflito diplomático entre os dois países, a chamada Guerra do Esqueleto, "porque os americanos invejavam a criatividade dos brasileiros". Abaixo-assinados começaram a correr pelas cidades pedindo a intervenção do governo para impedir a saída de Jurandir do país. Passeatas percorriam as ruas exibindo cartazes de "O tiranossauro é nosso!" e a boataria comia solta, comentando que Jurandir seria desmontado nos Estados Unidos. Após a troca de algumas notas oficiais tudo se resolveu, quando os advogados descobriram que o Brasil não tinha assinado tratado de extradição de dinossauros com os americanos.

Passado o susto, Jurandir, recolhido à suíte, abria os presentes que Croc havia comprado para ele. Em suas andanças o bicho ficara encantado com alguns produtos inventados pelos mamíferos pensantes: despertador, guarda-chuva, sabonete, fósforo, cortador de unha e acima de tudo o liquidificador que proporcionava uma formidável economia para seus dentes. Jurandir jogava tudo dentro do copo e passava horas observando o funcionamento da engenhoca. Jacira apareceu, cortando o barato do bicho:

— O *shopping* vai ser inaugurado dentro de quatro dias — disse muito séria. — Você tem que voltar, imediatamente!

— Mas já? — chiou o dinossauro, entornando o copo do liquidificador.

— Impossível, Jacira — intrometeu-se Croc. — Temos vários compromissos para amanhã. Inclusive com o presidente da Greenwood Enterprises.

— Eu recebo aquele bastardo!

— Não, não — apressou-se Croc. — Não é um encontro de negócios. Não tenho nada a tratar com ele! É uma visita de cortesia. Ele só quer me agradecer melhor por tê-lo libertado, você sabe...

— Jurandir também vai?

— Jurandir estará concluindo as fotos de publicidade no Sambódromo. O *mister* virá ao zoo. Viajamos então depois do almoço!

A carreta partiu no meio da tarde. Se tudo corresse bem, eles chegariam na hora da inauguração. Croc contava os dólares, separava os convites que não puderam ser aceitos, juntava as lembrancinhas recebidas por Jurandir (o prato com asas de borboleta jogou fora). O dinossauro seguia deitadão, ar-condicionado ligado, vendo-se de vez em quando na televisão e metendo a cara num balde de sorvete de chocolate, sua mais recente paixão.

— Não sei como agradecer ao professor por ter me ressuscitado. Não fosse ele eu estaria perdendo tudo isso!

— Os humanos sabem viver!

— Ei, Croc! Estou notando alguma coisa diferente em você!

— Adivinhe o que é? — perguntou o outro, encarando firme o dinossauro com seu olho de vidro.

## 25

Todos a postos. Entrincheirados atrás das moitas do cerrado eles aguardavam a chegada do dinossauro para invadir o "forte". Ali Gato, o marechal de campo da ARMOPA, orientou as diversas divisões de reptis para o ataque coordenado.

Assim que Jurandir rodasse a baiana e destruísse o palanque — sinal de partida — o muçulmano daria a ordem de avançar. Os lagartos, reptis mais rápidos, fariam um ataque frontal, em massa, concentrado apenas nos humanos, pulando-lhes no peito, nos ombros, na cabeça, subindo-lhes pelas pernas com o objetivo de gerar pânico e desorganizar as defesas adversárias. Atrás deles avançariam, num movimento em pinça, os ofídios por um lado, os jacarés pelo outro. Cobras e serpentes entrariam na área coberta do *shopping* — a cerimônia de inauguração seria no estacionamento — destruindo lojas e tudo mais que houvesse dentro delas. Os crocodilianos arrebentariam com carros, ônibus e dariam cobertura aos lagartos no combate aos humanos. Caso encontrassem resistência, a ordem era matar e comer, começando pela banda de música. Por fim seguiriam os inofensivos quelônios que, despreparados para qualquer ação belicosa, entregar-se-iam à sabotagem, devastando todo o jardim, como bons herbívoros, plantado à volta do Greenwood.

Ali Gato acabara de fazer sua oração e olhou para o sol declinante:

— Os dois devem estar chegando.

Casé, munido de um binóculo achado nos tempos de circo, observava a movimentação no estacionamento, enfeitado com bolas, balões e bandeirolas. Alguns humanos já circulavam pelo palanque e a banda tomava seu lugar; parte dos músicos se abanava — fazia um calor pantanesco —, parte afinava os instrumentos. E continuava chegando gente, crianças sobretudo, em ônibus alugados, todos convidados para um dia de comilança gratuita. Muitos jovens e índios à volta das carrocinhas de pipoca, refrigerantes, cachorro-quente. O índio guató, que iniciara as vendas no Pantanal, paletó, gravata e tanga, agitava-se entre os presentes, olhando a todo momento para seus três relógios de pulso e gesticulando como se fosse um dos anfitriões. Casé viu chegar *mister* K. Y. W. acompanhado da mulher, filhas e um séquito de diretores da empresa. Passou o binóculo para Ali Gato:

— Olha lá seu ex-prisioneiro.

O muçulmano, deitado na trincheira, posição aliás muito confortável para os jacarés, ajustou o binóculo:

— Até que ele não era mau sujeito.

Entregou o binóculo a Paguá:

— Dá uma olhada no seu parceiro.

— Tá um horror! Fica muito melhor sem roupa — reagiu ela. — Quem é aquela "mamífera" ao seu lado? A esposa? Que tipinho insignificante! Não me admira que ele estivesse tão "atrasado".

A carreta deu uma buzinada aguda anunciando-se próxima. Os reptis logo silenciaram e se concentraram, aguardando as ordens de Ali Gato. No estacionamento a buzina serviu para aumentar o clima de euforia ao criar em todos a expectativa pela surpresa que estava a caminho. A banda começou a tocar, a carreta parou no meio do estacionamento e Ali Gato, atrás das trincheiras, gritou:

— Atenção!

As portas se abriram, o dinossauro desceu e enquanto se espreguiçava — dando a entender a distância que ia partir para o quebra-quebra — foi imediatamente cercado pelo público, crianças, jovens, índios, aplaudindo-o, tocando-lhe a pele, iniciando uma gritaria infernal.

— Mas o que está acontecendo?! — Ali Gato enervava-se. — Por que ele não começa o ataque?

A banda tocava, o regozijo aumentava, espocavam os primeiros fogos de artifício e o dinossauro caminhou alguns passos até uma carrocinha de sorvete, arrastando a multidão atrás dele.

— Que loucura! Que que esse idiota está fazendo? — rugiu o muçulmano.

— Ao invés de sair quebrando tudo, está dando autógrafos! — completou Casé.

— Vamos! Comece a urrar! — torceu o muçulmano. — Jogue essa carrocinha para o alto!

— Cadê o Croc que não faz nada? — indagou Anita.

— Estou aqui!

Todo o estado-maior virou a cabeça e lá estava o presidente da ARMOPA piscando seu olho de vidro, que ninguém notou.

— Que houve? Que aconteceu? — perguntaram todos.

— Estamos prontos para iniciar a invasão — afirmou Ali Gato. — Por que esse imbecil fica tomando sorvete?

— Aconteceu uma tragédia — disse Croc, abrindo os braços. — A Greenwood Enterprises ofereceu um dinheirão ao bicho para tê-lo como atração permanente do *shopping*!

— Que você está dizendo???!

— Não pude fazer nada.

Ali Gato não se conteve:

— É por isso que esses bichos não sobreviveram. São uns débeis mentais!

O estado-maior se entreolhou, mudo, atônito, sem saber o que fazer.

— Vamos atacar assim mesmo! — propôs o muçulmano.

— Não teremos a mínima chance — respondeu Casé desalentado.

— Muito menos se esse mentecapto ficar do lado deles — completou Anita.

— Disperse as tropas e vamos retornar — determinou Quelonius, abatido.

Sob as ordens de Ali Gato os reptis deram meia-volta e foram se afastando lentamente, ao som de uma marchinha, distante, que embalava os alegres ruídos da festa. Croc permaneceu, coçou o olho de vidro e chamou o professor, que caminhando pelas próprias pernas sempre ficava para trás.

— Não se deixe abater, mestre. Faça outro! Os humanos pagarão uma fortuna por esses bichos. Eles podem comprar tudo e o senhor ficará milionário recriando nossos antepassados.

— Você também foi trabalhar para os mamíferos pensantes?

— De jeito nenhum! Sou um reptil de princípios. Estou trabalhando exclusivamente como empresário de Jurandir, aliás Dino Boy.

— Dino Boy? — repetiu o jabuti incrédulo.

— Jurandir não tem apelo. — E Croc retornou a conversa para persuadir Quelonius. — Faça outro! Faça um tiranossauro fêmea! Quem sabe ela não convence o bicho de que dinheiro não traz felicidade e Dino volta às origens? As fêmeas são muito convincentes... Então, aceita?

Quelonius estava arrasado. Não tinha ânimo para reagir, discutir, argumentar. Deu as costas a Croc e saindo, vagaroso, disse:

— Vou pensar.

O *shopping* tornou-se um sucesso desde que abriu as portas, com suas duas lojas-âncora, mais de cem lojas-satélite, dez restaurantes *fast-food*, um teatro, uma área de exposição permanente sobre o Pantanal, um auditório de 600 lugares para conferências em torno de ecologia e meio ambiente, formando um *mix* planejado para receber 500 mil consumidores por mês e um potencial de vendas de 100 milhões de dólares anuais. À entrada principal, um cartaz anunciava o início das obras do primeiro *flat* pantaneiro, *residential service*, de 22 andares, ao lado do Greenwood.

Croc pediu licença da presidência da ARMOPA e ganhou uma sala só para ele no *shopping*. Ali Gato viajou mesmo para Meca, deixando à frente dos seus muçulmanos Abdul, em crise com o filho que queria se chamar Jacó e ler o Talmud. Paguá desistiu de ligar as trompas (se é...), e continuou lutando à sua moda para preservar os crocodilianos. Anita, presidindo a associação, buscava forças para motivar os reptis. Jacira permaneceu no zoo namorando firme com o gibão, um macaco monógamo, e Jurandir Dino Boy foi ficando rico, barrigudo, de olheiras, usando uma bola vermelha na ponta do focinho. Quanto a Casé, retornou ao circo mambembe de Benedetto Croce, onde era uma das atrações.

— Senhoooooras e Senhoooooores! O Gran Circo Taquari tem a grata satisfação de apresentar sua grande estrela internacional, o único jacaré do mundo que anda em pé, de patinete, de bicicleta, dá cambalhotas, planta bananeira e luta boxe. Com vocês... Caséééé!

A bandinha atacou e o crocodiliano, dentro do velho roupão, adentrou o picadeiro aos saltos e piruetas para receber os aplausos de meia dúzia de gatos pingados que se espalhavam pelas arquibancadas.

— Hoje vocês terão um número muito especial — prosseguiu o mestre de cerimônias. — Vocês terão o privilégio de assistir à mais emocionante, mais impressionante, mais brutal, violenta e sangrenta luta de boxe de todos os tempos. A luta do século! Pelo título mundial da categoria bichos-pesados entre o jacaré Casé e... o gorila Kong-King. Palmas para ele!

O gorila não passava de um funcionário mal fantasiado. Deu os tradicionais pulinhos, acenou para o público e dirigiu-se ao seu *corner* para calçar as luvas. O gongo soou, os dois se encontraram no centro do ringue e logo Casé recebeu um direto que o jogou na lona. Refazendo-se, tonto, ainda deitado, olhou na direção da entrada do circo e viu Quelonius parado, na contraluz.

O jabuti fez um único gesto, bem conhecido de Casé: apontou para a própria cabeça.

# FIM

*Nova Friburgo, verão de 1993.*

Bate-papo com

# Carlos Eduardo Novaes

*A seguir, conheça mais sobre a vida, a obra e as ideias do autor de* Casé, o jacaré que anda em pé.

**NOME:** **Carlos Eduardo De Agostini Novaes**
**NASCIMENTO:** 13/8/1940
**ONDE NASCEU:** Rio de Janeiro (RJ)
**ONDE MORA:** Rio de Janeiro (RJ)
**QUE LIVRO MARCOU SUA ADOLESCÊNCIA:** as obras da coleção do *Sítio do Picapau Amarelo*, de Monteiro Lobato.
**MOTIVO PARA ESCREVER UM LIVRO:** para vencer a timidez e botar para fora minhas ideias e fantasias.
**MOTIVO PARA LER UM LIVRO:** para ter o prazer de transformar palavras em imagens.
**PARA QUEM DARIA SINAL ABERTO:** para os jovens capazes de desligar a televisão e/ou computador para ler um livro.
**PARA QUEM FECHARIA O SINAL:** para os jovens que trocam o prazer de ler um livro pelas horas diante da televisão e/ou computador.

# Humor universal

Pode-se dizer que, literalmente, para Carlos Eduardo Novaes, escrever acabou virando um **negócio da China**. Muitos dos seus textos acabaram por ser utilizados nas aulas de Português da Universidade de Línguas de Pequim. E não é difícil entender por que os textos de Novaes são ricos em crítica social e bom humor — assuntos de interesse universal.

Nascido no Rio de Janeiro, Novaes formou-se em Direito em Salvador. Teve várias profissões antes de chegar à de escritor. Foi **jornalista**, **roteirista** de cinema, **autor teatral** e de uma **novela** para a TV. Suas inquietações culturais também o levaram a exercer o cargo de Secretário da Cultura do município do Rio de Janeiro, onde permaneceu por dois anos (1991 e 1992). Mas é na literatura que se concentra fundamentalmente seu trabalho.

Literatura, vida, juventude e a arte de **fazer rir** são alguns dos assuntos sobre os quais Carlos Eduardo Novaes fala nesta entrevista.

**_Shopping center_ no Pantanal, jacaré muçulmano, jabuti intelectual, tiranossauro... Como é que surgiram essas ideias?**
Acho que não paro de pensar, de criar, de imaginar, nem quando durmo. A sensação é de que minha cabeça nunca sai do ar. É como uma farmácia de plantão. Durante dois anos "ruminei" um livro sobre jacarés, uma fábula, uma fantasia semelhante ao *Cândido Urbano Urubu*. Uma reflexão aqui, uma leitura ali, uma anotação acolá, mas por circunstâncias o projeto foi sendo adiado. Ao deixar o cargo de Secretário de Cultura do Rio de Janeiro, caí no vazio e mergulhei no projeto. No início só havia os jacarés e o Pantanal. Um dia me veio à cabeça um jacaré que andasse em pé. Depois surgiu o *shopping*, mais à frente o dinossauro, a história foi tomando forma e esbocei um roteiro. Só quando sentei à máquina, porém, e "esquentei" é que as ideias começaram a jorrar como petróleo de um poço.

**A seu ver, pensando em termos de realidade, qual dos personagens tem a posição mais correta em relação aos seres humanos?**
A posição mais equilibrada é a do jabuti Quelonius, mas como os humanos não têm sido equilibrados na relação com os animais (respeitadas as exceções), inclino-me pelo radicalismo do muçulmano Ali Gato.

**Por que você escreve principalmente textos humorísticos? O que é o humor para você?**
Posso garantir que jamais fiz o menor esforço para chegar aos textos humorísticos. Creio que havia um humorista adormecido dentro de mim que acordou quando comecei a escrever profissionalmente. O humor, como o amor, permanece refratário a qualquer conceituação racional. Como disse um amigo humorista, que por ironia teve uma morte trágica: "Fazer humor é fazer cócegas no raciocínio".

**O povo brasileiro, com a crise prolongada, parece ter perdido o senso de humor. Você concorda com isso? Como está a situação do humor e do humorista no Brasil de hoje?**
O senso de humor está mais vivo do que nunca. Paradoxalmente, é nas crises que o povo se aproxima do humor para se vingar, ridicularizando os desacertos e

as bobagens dos governantes. Os humoristas estão sempre em alta, como boas ações da Bolsa de Valores. Isso porque em todo o mundo, em países com ou sem crises, nós formamos um pequeno exército de idealistas. É possível verificar a valorização do humor na sua utilização, sempre crescente, pela publicidade e propaganda.

**Equilíbrio delicado**

Toda intervenção humana na natureza deve ser pensada cuidadosamente. O equilíbrio ambiental é de extrema delicadeza e, muitas vezes, pequenas ações mal planejadas podem causar estragos inimagináveis. Por exemplo, a introdução de espécies não nativas em certos ecossistemas pode destruir outras, como foi o caso do ratão-do-banhado, roedor da América do Sul. A espécie foi introduzida em alguns lugares do mundo, entre eles a Inglaterra. Foi tão bem adaptada que passou a atrapalhar a vida de outros animais e teve de ser exterminada para protegê-los. O governo britânico gastou 3 bilhões de dólares nessa tarefa.

**Você é um homem que vem tendo muitas experiências profissionais, todas muito variadas. Como você resolveu se fixar em escrever?**
Gosto muito de escrever. Talvez seja uma das 12 coisas que mais gosto de fazer. Mas não me fixei como um parafuso a essa atividade. Antes de desembarcar no jornalismo trabalhei com cinema, teatro, televisão, administração pública, ainda fui estudante de Direito em Salvador, tive uma empresa de dedetização (conheço a fundo a sociologia da barata) e uma fabriqueta de picolés. Costumo dizer que sou movido a desafios, sempre a querer testar minha capacidade, conhecer meus limites.

**E você ainda tem vontade de experimentar outras coisas? O que faria se não fosse escritor?**
Se não fosse tudo o que sou, gostaria de ter sido psicólogo ou psicanalista: sinto uma curiosidade insaciável pelo ser humano.

**É a um público jovem que se destina basicamente este livro. O que você teria a dizer a esse jovem leitor, além do que já foi dito no romance?**
O que tenho a dizer, além do que já foi dito neste livro, direi no próximo

livro. Se faltar alguma coisa, direi no outro. Sugiro que os jovens esgotem sua juventude da forma mais jovial possível. Façam tudo que lhes der na cabeça. Às vezes, para acertar, é preciso errar e ninguém aprende com a experiência dos outros. A juventude é apenas uma preliminar, um campeonato de aspirantes. O jogo principal virá depois, um jogo duro, briga de cachorro grande.

## Diversidade fantástica

O Pantanal, que fica entre o sul do Mato Grosso e o noroeste do Mato Grosso do Sul (ocupando também parte do Paraguai e da Bolívia), é a maior planície alagável do mundo. Entre abril e novembro, as chuvas fazem transbordar os rios e alagam as áreas mais baixas. Em função dessa alternância entre períodos de seca e chuva, os rios mudam de traçado e a paisagem muda a cada ano. A região é, também, um dos ecossistemas com maior diversidade no planeta. Por este motivo, foi reconhecida, em 2000, como Reserva de Biosfera pela UNESCO (Organização das Nações Unidas para a Educação, a Ciência e a Cultura). Só de borboletas, já foram catalogadas mais de mil espécies diferentes.

Ilustração: Negreiros

# Obras do autor

## PELA EDITORA ÁTICA

*Capitalismo para principiantes* (com Vilmar Rodrigues, interesse geral, 1983)
*A travessia americana* (crônicas, 1984)
*Homem, mulher & cia* (crônicas, 1987)
*A próxima novela* (romance, 1988)
*A cadeira do dentista* (juvenil, 1994)
*É dando que se recebe* (interesse geral, 1994)
*O menino sem imaginação* (juvenil, 1995)
*Sexo para principiantes* (interesse geral, 1996)
*História do Brasil para principiantes* (com César Lobo, interesse geral, 1997)
*O imperador da Ursa Maior* (juvenil, 1999)
*Cidadania para principiantes* (com César Lobo, interesse geral, 2002)
*A lágrima do robô* (juvenil, 2006)

## POR OUTRAS EDITORAS

*O caos nosso de cada dia* (crônicas, 1974)
*A travessia da via crucis* (crônicas, 1975)
*Cândido Urbano Urubu* (novela, 1975)
*Os mistérios do aquém* (crônicas, 1976)
*Juvenal Ouriço, o repórter* (crônicas, 1977)
*O quiabo comunista* (crônicas, 1977)
*Chá das duas* (crônicas, 1978)
*A língua de fora* (crônicas, 1979)

*O balé quebra-nós* (crônicas, 1979)
*A cadeira do dragão* (crônicas, 1980)
*Democracia à vista* (crônicas,1981)
*Mengo, uma odisseia no Oriente* (novela, 1982)
*Crônica de uma brisa eleitoral* (crônicas, 1983)
*O estripador das Laranjeiras* (contos, 1983)
*Deus é brasileiro?* (crônicas, 1984)
*O day after dos cariocas* (crônicas, 1985)
*Na república do jerimum* (crônicas,1986)
*Confidências de um espermatozoide careca* (teatro, 1986)
*O cruzado de direita* (crônicas, 1987)
*O país dos imexíveis* (crônicas, 1990)

## sinal aberto

Veja alguns títulos da série, organizados por eixo temático:

*social*

*social*

O imperador da Ursa Maior
Carlos Eduardo Novaes
sinal aberto

Alucinado som de tuba
Frei Betto

Rádio Muda
Renato Tapajós
sinal aberto

Isso não é um filme americano
Lourenço Cazarré
sinal aberto

Vida de droga
Walcyr Carrasco
sinal aberto

De mãos atadas
Álvaro Cardoso Gomes
sinal aberto

*comportamento*

*fantasia*

Ana Z.
aonde vai você?
Marina Colasanti
sinal aberto

A vida lá fora
Luís Fernando Pereira

Longe como o
meu querer
Marina Colasanti
sinal aberto

O senhor
da escuridão
Lourenço Cazarré

O Ogre
e o passarinho
Fausto Wolff
sinal aberto